乡土中国记忆

鲜章平 著

三棵树

山西出版传媒集团

北岳文艺出版社

图书在版编目（CIP）数据

三棵树 / 鲜章平著 . — 太原：北岳文艺出版社 ,2017.4（2025.4重印）
ISBN 978-7-5378-4996-8

Ⅰ.①三… Ⅱ.①鲜… Ⅲ.①散文集—中国—当代 Ⅳ.①I267

中国版本图书馆CIP数据核字（2016）第 303957 号

书　名：三棵树	策　　划：商爱欣	责任编辑：张　丽
著　者：鲜章平	书籍设计：赵廷宏	印装监制：巩　璠

出版发行：山西出版传媒集团•北岳文艺出版社
地址：山西省太原市并州南路 57 号　邮编：030012
电话：0351-5628696（发行部）　0351-5628688（总编室）
　　　0351-5628695（编辑室）　传真：0351-5628680
网址：http://www.bywy.com　E-mail：bywycbs@163.com
经销商：新华书店
印刷装订：三河市天润建兴印务有限公司

开本：660 毫米 ×960 毫米　1/16
字数：157 千字　印张：14.5
版次：2017 年 4 月第 1 版
印次：2025 年 4 月河北第 4 次印刷
书号：ISBN 978-7-5378-4996-8
定价：39.80 元

自序

留住我们的乡愁

清明节回团场给父亲上坟,看着身后的儿子,我的心里充满了忧伤。我越来越清醒地意识到,在这块生我养我的土地上,家族的繁衍和生息已是渐渐没落。

父亲是解放新疆的第一批老兵,平定匪患后解甲归田,且守边关且屯田,直到去世,在新疆待了六十多年。和父亲一样,无数的军垦第一代长眠在广袤的新疆大地。可是,随着子孙们远走高飞,埋葬父辈的这片土地上,兵团的第二代、第三代越来越少。我们兄弟姐妹八个,只有三个留在了团场。而孙子辈的,已经没有一个。这让我感到恐惧:难道几十年后,父亲的坟茔将会成为一片荒芜,清明节甚至见不到一炷香火,一朵黄菊!这也使我不由想起社会上流传的一句话:八〇后不想种地,九〇后不谈种地。看样子,所有的乡村,面临着和兵团团场一样的困局。

习近平总书记提出要让人民群众"望得见山、看得见水、记得住乡愁",是对正在进行的城镇化建设的一个殷切希望和美好祝愿。可是,残酷的现实却让我感觉到这个愿望离我们越来越远,美丽的乡愁似乎也离我们越来越远。

爱家乡爱祖国是我们对青少年的主题教育之一。可是,祖国是个抽象的概念，需要有具体的载体来寄托我们对她的思念和热爱。比如家庭，亲情，宗祠，乡土，如果这些具体的意象都没有了，拿什么来安放我们的乡愁？对于乡，我的理解就是家乡、故乡，再狭隘一点说，是农村。我印象中的乡愁，一定要有炊烟有蛙鸣有狗吠有农人的身影有家畜的气息，如果记忆中缺失了这些角色，叫什么乡愁呢？

中国是一个传统的农耕文明之邦，最多追溯三代，现在的城里人有几个不是从农村出来的？几千年来，中国人大多是几代人、甚至几十代人在一个地方生生不息，繁衍后代。可是随着改革开放的春风吹拂，随着高考制度的恢复，国人似乎突然发现外面的世界很精彩，自己的家乡很无奈。尤其是农村的、小地方的人们开始以各种理由，各种方式离开家乡，去寻找自己的伊甸园，一度出现了"孔雀东南飞""麻雀满天飞"的乱象。就这么短短几十年时间，几千年的传统就被打破，几千年的平衡和稳定被打破，人们开始浮躁不安，把离开家乡去大城市闯世界当成一种能耐，一种荣耀。

市场经济使GDP迅速壮大，却有虚胖之嫌，工业化进程使越来越多的农民离开了土地，可是文化的传承却没有跟上，人们对生活的目标就会出现偏差。有个朋友的女儿，大学毕业时，我建议她回到家乡工作，我的理念是：大城市，小生活，小城市，大生活。可她却不肯听我的劝告，非要去大城市，最后终于如愿以偿。可是结果怎样呢？是我预料之中的疲于奔命，大部分时间都奔波在上下班的路上，而且很有可能这种状况会维持一辈子。除了物质欲望，没有其他追求。钢筋水泥林立的城堡，最多能算是一个代表籍贯的符号，人与人之间缺少了乡情，缺少了生活的圈子，哪里来的乡愁？

一方水土养一方人，一方水土有一方水土的脾气和秉性，所以才有不同地域和省份，这些有着独特气质的文化融合到一起，才会形成巨大的合力，显现出一加一大于二的效果。我不敢想象，一辈子七零八落、四处移民的生活会结出怎样的文化来。更为可悲的是，随着一代独生子女的"出息"，相应的代价将是五〇后、六〇后、七〇后，甚至是八〇后晚年的漂泊。为了子女，不得不离开自己生活了一辈子的家乡，这代人会快乐吗？就像一棵生长了几十年的参天大树被连根拔起，能"挪活"吗？其结果和内心凄苦，我不敢想象。

过度崇尚物质追求也使人们的价值观发生着可怕的变化，前不久看到陕西籍军旅作家温亚军的一篇文章也痛心疾首地关注着这个问题，他在文章中写道：故乡，你到底哪里出了问题，致使人们变得如此地不可思议？故乡的人们，就是像我以前那样，不知道岐山是文明礼仪的发祥地，不知道我们的祖先曾为规范人们的行为举止，让我们脱离野蛮，而劳神费力，经过了多少年，经历了多少代人，才得以改变。可是，仅仅二十、三十年，就把那些可贵的人伦纲常、道德礼仪丢弃得不见了踪影，到处都是为了钱赤裸裸奔忙的身影，顾不了亲情、顾不得廉耻，尽显出人类最初的动物本性……

无独有偶，很多年前当代作家汪曾祺也关注过这个问题。他曾经遇到从小在美国生长的黑人学者赫伯特，在爱荷华大学读了十年，拿到四个学位，对哲学、历史等都有精研。可是赫伯特却很忧伤，他说"我已经不知道自己来自哪块土地、哪个部族、哪种语言和文化。"因为美国是个移民国家，很多人常说起自己的故乡：英格兰，苏格兰，荷兰，德国……黑人却说不出。赫伯特家族的来历，可以追溯到他的曾祖父，再往上，就不知道了。因为没有文化传统，没有历史，他们只知道自己是从非洲来的，但不知是从哪个国家，哪个部落来的。他只能把整个非洲当作故乡，但是非洲很大，这个故乡很渺茫。非洲人也不承认他们，说："你们是美国人！"所以尽管取得了很大的学术成就，赫伯特却开心不起来。这种无根的痛楚和无奈使汪先生感慨万千，写下了散文名篇《悬空的人》，结尾是这样的——

"一个人有祖国，有自己的民族，有文化传统，不觉得这有什么。一旦没有这些，你才会觉得这有多么重要，多么珍贵。"

而继续这样走下去，有一天我们会不会有何赫伯特一样的感受呢？

进入新世纪以来的全国造城运动，使"鬼城"频现，村落消失。记得有一次著名诗人杨子来伊犁讲学时用一句诗性的语言评价我们的城市化的进程：我们成长得太快，却在路上丢失了灵魂。前一阵有一首很流行的歌叫《从前慢》，歌词我很喜欢：从前的日色变得慢，车、马、邮件都很慢，一生只够爱一个人。确实是这样，记得20世纪90年代初，我和一个文学朋友去看另一位文友，当时没有手机，团场也没有直拨电话，我们突然决定就那样冒昧地去了，一路上走一截搭一截便车，那时路不好，坑坑洼洼的，车也就是拖拉机，坐在车斗里一路颠簸。好不容易到地方了，却扑了个空，没有找到对方，只好怏怏而归。那时确实一切都很慢，可是我们有理想有热情，所以觉得一切都是那样美好。过去的时光很慢，今天的发展很快，这种快或许会使几千年的文化积淀在几十年间丢失殆尽。所以说才会出现韩国人和我们争抢端午节,日本人和我们PK茶文化的现象。我想,"乡"不仅是个地域概念,还属于精神范畴,乡愁是精神家园里的一朵小花,默默开放,就像那首著名的诗歌所言:你来或不来,我都在这里,不喜不悲,不增不减。乡村是我们的根,如果有一天,随着乡村的消失,乡愁这个词也跟着消失,没有了乡愁也就没有了热爱,没有了热爱也就没有了敬畏,没有了敬畏也就没有了约束,没有约束的人和社会会怎么样?就像推倒了的多米诺骨牌,想起来很可怕。

前不久看到消息说,有人大代表建议鼓励省部级官员告老还乡,以促进故乡发展,缩小三四线城市和一线大城市的差距,其实我觉得这个建议从精神层面上的意义更大。因为这是寻根的一种回归。倘若成真,也可算喜事一桩。我们新疆兵团,最近出台了一系列优惠政策,鼓励吸引军垦后代回团场就业、创业,也算是留住乡愁的真金白银吧!

而作为兵团二代的我,唯一能做的,就是抓紧时间,抢救自己的记忆,抢救我们的乡愁,让兵团精神成为一种人文情怀,能够永久地传承下去。

让我们一起好好珍惜,用行动留住我们的乡愁。

目 录

第一辑　淡淡的乡愁　001

三棵树　003
沙枣树　003
榆　树　006
白杨树　009
往　事　013
我家的老屋　013
阿力玛里　018
黑　哷　023
狗蛋的命运　027
新疆的味道　035
追根溯源　036
中国薰衣草之乡　039
走下神坛的薰衣草　044
让新疆味道芳香全世界　046
阿力玛里传奇　053
踏雪寻故居　056

060	友谊地久天长,真情永远不老
	——六十一团中学九一届高中毕
	业班二十年聚会纪念册前言

063　第二辑　浓浓的亲情

065	我的军垦父亲
072	父亲,我欠您十年
081	母亲,总有操不完的心
084	我的川菜情结
084	父亲和川菜
086	川菜的缘起
089	千古美谈说川菜
091	川菜的江湖
094	火锅里煮出的温暖
097	郫县豆瓣和"老干妈"
100	川菜和白酒
104	未雨绸缪——父子相伴走天涯之一
106	梦想成真——父子相伴走天涯之二

鼓浪屿之旅——父子相伴走天涯之三	108
厦门美食觅踪——父子相伴走天涯之四	110
闹市中的清修之地——父子相伴走天涯之五	115
旅途中的地理实践——父子相伴走天涯之六	118
拜谒茶都——父子相伴走天涯之七	120
真假南少林——父子相伴走天涯之八	123

一个单身父亲的亲子日记

摔着长大	126
儿子给我的震撼	128
该不该打儿子	131
写给儿子的信	134
儿子的选择	138
一切都是最好的安排	141
回归家庭是真爱	148

第三辑 岁月的馈赠 | 151

| 忆雪浪花文学社 | 153 |
| 宿命 | 156 |

159	当爱成为习惯
162	动画片是可以给成人看的
164	老百姓真难
169	满屋葱茏
172	喜来登的羊肉泡
175	化蛹为蝶,蜻蜓追舞——"伊犁新锐"党艳丽作品感言
179	大隐于市
183	"曾经沧海"新解
186	京城过客——系列散文"在路上"之一
190	与佛有缘的人——系列散文"在路上"之二
195	农民不愿"狡诈"——系列散文"在路上"之三
200	我们都是蒲公英——系列散文"在路上"之四
205	"地道"才能长久
209	心直口快非美德也
212	人生何处不相逢
217	后记

【第一辑 淡淡的乡愁】

三棵树

在人生的长河中,总会有一些人和事,深深地留在你的记忆里。有些时候,不用打捞,就会自然而然地浮出水面。我的生命里,有这样三棵树,不畏风沙,不怕盐碱,顽强地生长在新疆大地上,牢牢地扎根在我的血脉里。

——题记

沙枣树

在新疆,甚至在整个西北地区,20世纪六七十年代出生的农村孩子对沙枣树的感情,恐怕用刻骨铭心来形容一点也不夸张。至少对于我,是这种感觉。就在写下这个题目的时候,那淡淡的沙枣花香似乎又在执着地走进我的记忆,占据着我的大片大片的童年时光。

对于我的童年来说,沙枣花是年年岁岁的期盼,是灰蒙蒙的日子里的一抹亮色。其实若说起沙枣花的生身父母,沙枣树的外形让人不敢恭维。远远望去,一棵棵沙枣树就像一个个挂着打狗棒讨要生活的叫花子,身形趔趔趄趄,东倒西歪。近看,那一身干裂的树皮犹如粗糙的麻布。造成这身尊容的原因主要是由于缺少水分和养分而形成的。就像从小风吹雨打的穷人家的孩子，哪一个不是满身冻疮、皮粗肉糙呢？可越是这样的环境，越是造就了顽强的生命力。我们这些生在西北边陲的孩子，和一棵棵沙枣树一起，在遮天蔽日的沙尘里，在贫瘠苦涩的盐碱滩上，一天天茁壮地成长起来。

  我想，这就是物竞天择、适者生存的自然法则。其实很多动植物都有这样的属性，为了生存，只有去适应周围的环境。沙枣树自然也不例外。一次，我看到人们为了给一颗沙枣树完整地挪个窝，费劲了周折。当人们一点点刨开地表的土之后，再一点点向下延伸，这才傻了眼。你别看站在旷野里一点也不起眼的沙枣树，她的根，却是那样壮观。也许是为了汲取更多的水分和养分吧，那根拼命地往下扎，往四周蔓延，在贫瘠的戈壁缝隙里，在干旱的沙土碱地里，盘根错节地建造了一个宏大的王国。整个根部的体积，甚至远远超过了长在地面的部分。这就是西北之树的一个共同特点，为了生存，只有去苦心经营自己的根系，使之成为支撑生命的源泉。

  还有枝干。为了防备和我们一样缺吃少穿的牛羊们，沙枣树的树干表皮干裂粗糙、没有一点水分，那些枝条，则长着坚硬而尖利的犄角，使牲畜们无从下口。有了这些防御自然和适应自然的本事，沙枣树才能艰难地生存下去，可是生长速度却很慢。同样的年轮，生长在南方的树早已枝繁叶茂、成才成林，而沙枣树，也许才扎稳了根，开始积蓄力量。没有十年八年，一颗沙枣树是很难成形的。这就让童年的我们常常在渴望和失望中度过，因为今年去看，那一棵棵沙枣树总是和去年没有什么两样。

别看沙枣树外表丑陋不堪，可她却被人们称为西北的"香水之树"。这是因为她孕育了神奇的沙枣花。在那个物资贫乏的年代，香水似乎是天外来物，像我等生于荒原长于荒原的军垦后代，就更不知其为何物了。可是我们却知道，沙枣花的香味是那样的醒神开窍，令人难以忘却。每当沙枣花开的季节，就成了我们欢乐的节日。那一串串小黄花，被我们小心翼翼地藏在铅笔盒里，插在简陋的房间里，那淡淡而持久的香味，给我们单调的生活平添了许多憧憬和乐趣。直到花儿渐渐枯萎，花香渐渐变淡，我们都舍不得抛弃。

俗话说，儿不嫌母丑。那些香气浓郁、娇柔若仙的沙枣花，对自己母亲的爱恋，堪称自然界的楷模。一朵朵点缀在青灰色枝叶间的小花，在汲取了母亲从干旱的沙石碱滩里传输来的养分后，逐渐长成了一个个青涩的果实，而后成熟而后金黄。却始终不愿离开母亲，牢牢地挂在枝头，成为我们垂涎欲滴的目标。

如果说，沙枣花给了我们精神上的安慰，那么沙枣果则给了我们物质上的享受。那个年代，始终追随着我们的，总是那挥之不去的饥饿感。每到秋季，那一串串黄澄澄的沙枣，便成了我们牵肠挂肚的思念。于是放学后便一次次成群结队地去离连队很远的沙枣林采摘沙枣。现在想想，哪里叫采摘啊？简直是疯狂的掠夺。一个个饿得头晕眼花的革命小将们爬上树，不管三七二十一，先是拽过一根枝条，把金黄色的果实一股脑捋下来，先拼命填满了嘴再说！那情形，和猪八戒吃人参果别无二致。等到吃得满嘴打着涩涩的饱嗝，便开始往身上装。书包里，口袋里，甚至是扎着皮带的背心里，都装得鼓鼓囊囊。这时候沙枣树开始了报复,等到离开的时候,大家才会发现,不是你的衣服被树枝挂开了个口子,就是他的皮肉淌着血。可我们依旧兴高采烈,因为有了这些沙枣,就意味着我们可以暂时忘却饥饿的滋味。沙枣沁人心脾的香甜,也因此在记忆深处盘踞得更加顽强。

离开家乡多年以后,有位朋友送给我了一套精致的檀香木茶具。不知怎的,嗅着淡淡的檀香味,我的心里,却又飘起那留在久远记忆里的沙枣花香。这花香紧紧地攫住了我的心,使我夜不能寐。于是我在一个双休日带着儿子驱车回到了生我养我的连队。

远远地,看田野里孤零零地站着一棵沙枣树,我惊喜地飞奔而去,只见树枝上缀满了久违的金黄色果实,迫不及待地撸下一把沙枣塞进嘴里。刹那间,一股清香充盈了我的整个身心。看着我陶醉的神情,儿子也叫嚷着要吃。可是当他把沙枣放进嘴里立即就吐了出来,皱着眉头直哈舌头。是啊,在物质极大丰富的今天,孩子们怎么能瞧上这遗落荒野的涩果呢。

可是我永远不能忘记,是沙枣树伴我度过了艰难的岁月。

在我的心里,沙枣树,就是母亲树。

榆　树

我家老屋门前的一棵榆树,生长了快三十年了,却只有碗口粗细。虽然现在已是人去屋空,但是每次回到团里,我都要去老屋看看。抚摸着榆树粗糙的树干,我的心里总是会泛起阵阵涟漪,感慨时光的流逝,感慨生长的艰难。

打小起,在我的心里,最崇敬的树就有榆树,究其原因，就是他的顽强、遒劲。所以我中学时就给自己起了个笔名：榆杨，一是因为喜欢这两种树，二是暗合我的姓氏之谐音。

论外形，榆树是不能和白杨树相提并论的，他没有白杨树的高大笔直；论味道，榆树叶无法和沙枣树比拼，他没有沙枣花的香气袭人。但这丝毫影响不了我喜欢它的热情。因为他自有他的古朴和踏实，就像我故乡的老邻居，一个个皮肤黝黑，外表粗糙，却是那么亲切，憨厚中透着真诚。最为可贵的是，他们不挑环境，随遇而安。记得小时候，我的家在距离伊宁市十多公里外的一个山沟里，父母和一群煤矿工人一起，用很原始的方法在煤矿里挖煤，工作艰苦而危险。后来据说是煤矿挖到了透水层，无法继续了，这个叫作六十一团煤矿的单位便整体搬迁回了远在八十多公里外的团辖地域。由于没有更好的安置地可选，团里便划了一块荒无人烟、遍地石头疙瘩的戈壁滩，算作是安身立命之处。于是六十一团便多了一个叫做园林二连的番号。那一年是1979年，我刚上小学。

既然是叫作园林二连，自然不能徒有虚名。作为老革命的连队干部，父亲和大家一起，冒着炎炎烈日打土块，盖房子。然后是植树造林，开荒造田。包括母亲，包括和母亲一样的女人们，她们挥汗如雨的样子，我敢肯定今天的"女汉子"见了也会自愧不如。后来我才知道，当初被"发配"到煤矿去挖煤的人大多是变相的"劳改"，随着"文革"的结束，大多数人得到了平反，可是并没有人因此而去上访要"国家赔偿"，也没有因此而讲条件要求分配到更好的单位去，而是任劳任怨，兢兢业业地在戈壁滩上"创造"着园林二连。一晃三十七年过去了，父辈们的汗水浇灌出来的戈壁滩变成了"花果山"，成片的果园充满生机，春天是一片花海，夏秋果实累累。园林二连也成了全团最富的连队。作为军垦二代，当年的"保疆""卫国"们都开上了崭新的私家车，住进了漂亮的楼房。

那些当年栽种的老榆树，枝繁叶茂地守护在果园周围。这也使我更加相信：一切都是最好的安排。园林二连便是最好的注解。

或许正是由于有着顽强的生命力，在新疆很多地方便有了榆树的传奇，伊犁更是不胜枚举。记得很小的时候六十一团团部大街上就有三棵相偎相依的大榆树，可谓高耸入云，遮天蔽日。最大的那棵，三四个人才能合抱。据有文化的老人说，这是左宗棠当年收复伊犁时栽种的。夏天的时候，借着它们的阴凉，人们聚集过来，竟成了一个袖珍的集贸市场，瓜果蔬菜，各种冷饮，应有尽有。久而久之，大榆树又成了地标，六十一团的人区分方向，以大榆树为参照，住在十连的会给外人介绍说，过了大榆树往东，一直走，就到我们连了。而房建队的则会很自豪地告诉你，到了大榆树，就到我们家了。可见，大榆树在六十一团人的心中是多么的重要。可惜，由于年老体衰，加上管护不到，20世纪末，三棵大榆树相继枯死，最终成为人们心中永远的记忆。

因为有着根深蒂固、材质坚硬、枝叶丰满、抗旱耐涝的特征，新疆的蒙古族、锡伯族和哈萨克族人，也都视榆树为神灵。很多地方都能看到系满了红丝带的古老榆树，饱含着人们祈福上天庇佑和对亲人的美好祝福。记得20世纪80年代修建212省道的过程中，过雅马渡大桥后，路中央有棵巨大的榆树，传说中是哈萨克族人的救命树，树上系满了五颜六色的布条。为了尊重少数民族的风俗，筑路工人没有将它砍去，而是留在了路中央。路到此处，一分为二，然后合二为一，继续前行。直到2000年后，有一年夜里有位司机在大雾中撞上了古榆，车毁人亡。人大代表上书交通部门，最后多方征集方案，移走了这棵具有传奇色彩的古树。想起这件事，我就有些茫然：为什么象征着吉祥幸福的榆树却成了马路杀手呢？究竟是人毁了树，还是树伤了人？看样子，马克思主义的哲学辩证法，还需好好钻研。

去年夏天，父亲去世了，埋在旱田山。怕父亲太孤独，哥哥在野外选了棵榆树去栽在坟前。怕牲畜啃，用细长的树枝扎捆包了一圈，怕干旱，抽空就用车拉一桶水去浇灌。父亲一周年的时候，我们看到榆树枝繁叶茂，甚至比有水源的树还要精神。哥哥是个沉默寡言的人，我从未听他表达过对榆树的溢美之词，但是我想既然他选中了榆树去陪伴父亲，在他的心里一定有着和我一样喜爱榆树的理由。这就是骨肉亲情的心有灵犀吧。

白杨树

在新疆，从高处俯瞰大地，那一片片整齐划一，如同田字格一般的农田，一定是兵团成员的杰作。而那田字格中的每一笔，无疑是枝挨着枝根连着根的白杨铸就。

正是由于这个原因，第一次读到茅盾先生的《白杨礼赞》时，亲切之感便油然而生，我想，如果把沙枣树比作母亲树的话，白杨树则是当之无愧的父亲树。

很喜欢这样的句子"白杨树是树中的伟丈夫"。确实，在我生长的大西北，白杨树是最普通最常见的树种之一，和西北特有的土著树种相比，白杨树是那么卓尔不群，别的树是为了躲避风沙的肆虐，极力地往矮小里长，就连身穿的外衣也是疙疙瘩瘩，粗糙不堪。白杨树却不，它俯视着恶劣的环境，始终不屈地保持着自己"伟丈夫"的风度，表皮光滑，修长挺拔，真是鹤立鸡群。

其实，哪一个兵团战士不是"伟丈夫"呢？他们不是为了共和国的诞生经历过血雨腥风的革命军人，就是告别家乡不远万里来到新疆这亘古荒原的热血青年，他们有一个共同的特点，就是来自五湖四海，都有一颗赤诚的心。因为他们的到来，新疆才会有今天的勃勃生机和迷人风采。

在新疆生产建设兵团，白杨树永远是郁郁葱葱和良田为邻，或者说是为其开路，这是人们在与大自然的斗争中得到的启迪，也是从实践中得来的智慧，因为新疆的风沙大，要想让戈壁沙漠变良田，必须要先种树，以此阻挡风沙，改良气候环境。我是土生土长的军垦后代，不仅目睹而且参与了植树造林、抗击风沙的劳动。

记得有一年团里开展大会战，全团上万人来到了戈壁荒滩，浩浩荡荡的队伍，惊飞了荒野里的鸟雀，野兔子慌不择路，惹得我们这些半大的孩子一阵大呼小叫，追赶到最后，自然是空手而归。大人却没有我们这般闲情逸致，他们先是用麻绳拉直了行距，用石灰做标记，然后甩开膀子，埋头苦干，把地里的戈壁沙石挖出来，再把从远处运来的黄土填进去，最后栽上白杨树。等树渐渐长高了，风沙也就渐渐小了，水土流失就治住了。

这样的树林,兵团人把它叫作防风林。这时候,再在一片一片防风林的间隔里种植农作物,才能确保成活。兵团团场的很多连队都是这样建设起来的。这样的壮举,从我记事起,一直到现在,从来没有间断过。

后来工作了,来到了伊宁市,这曾经是座以"白杨"命名的小城。大街小巷随处可见高大挺拔的白杨,白杨树下曲径通幽,到处是种满了鲜花和葡萄的维吾尔庭院。在树下流连,去造访小院,是件很令人向往的事。可是随着城市化进程的加快,大片大片的白杨消失了,取而代之的是一栋栋楼房和笔直宽阔的柏油路。伊犁的白杨,更多是出现在文人墨客的回忆里。我心中有些沮丧,无法确定这是社会的进步还是倒退。或许是为了表达对一个时代的纪念,人们便把20世纪五六十年代广为栽植的那种有着银灰色树晕,笔直挺拔的白杨叫作新疆杨。

更让我难以接受的是,现在正在进行的退耕还林工程,也都抛弃了我曾经引以为豪的新疆杨,取而代之的是一种叫作速生杨的品种。据说这种树生长速度快,能很快伐了去造纸浆,产生巨大的经济效益。还有一种叫作钻天杨,其优点也是长得快,不几年个子就窜得老高,树体能长到碗口粗细,但是禁不住狂风肆虐。一阵大风过后,便可见七零八落的断肢残体。断裂开来的树干,是空了芯的材质,绝不似新疆杨那样质地细密,坚韧不拔。我不禁想到,新疆杨和速生杨、钻天杨,不正是我们几代人的真实写照吗?但愿我们的后代,不要成为速生杨、钻天杨,而是长成踏踏实实的新疆杨。我们的祖国,也更需要经得起风雨的新疆杨,守卫边疆。

当然，白杨树不仅仅能够为我们遮挡风雨，改善生态，这个树中的伟丈夫也有着柔情的一面。不信？可以去看看，古老的《诗经》里就有这样一篇佳作：

东门之杨，东门外有白杨树，
其叶牂牂。树叶茂密绿茵茵。
昏以为期，两人相约黄昏时，
明星煌煌。天上明星亮闪闪。
东门之杨，东门外有白杨树，
其叶肺肺。树叶繁盛翠苍苍。
昏以为期，两人相约黄昏时，
明星晢晢。启明星儿亮晶晶。

这时候我才恍然大悟：难怪儿时经常在电影里看到，那个百废待兴的艰苦年代，满怀羞涩的革命青年总是徘徊在高大的白杨树下等待着爱情，或者在郁郁葱葱的白杨林中互诉衷肠。原来，自古以来，白杨树下就是最朴素的浪漫之地啊！

往 事

总是想起遥远的往事
我就知道自己在走向衰老
就像秋日的树叶思念大地
我的心儿在眺望故乡的村庄

——题记

我家的老屋

每个人回忆的源头大概都离不开童年,而每个人的童年大概都无一例外地定格在故乡的背景之上。我的记忆自然也无法逃出这个俗套。

我有限的记忆是从五岁或者更早一些时候开始的。说它有限,是因为我到今天为止,也才仅仅三十七岁。请大家注意,是仅仅,说明虽然有些怀旧可是我对未来还是很有追求的哦。不过我想,对于我三十七岁的人生来说,三十年前的往事还是堪称遥远的,虽然在岁月的里程上,也就是一蹴而就的事。

想起要写这样一篇我遗落了三十年的记忆,是源于前几天的一个深夜,我在梦里突然发现一些故事一下子变得清晰可见,那些一个又一个故人从尘封的记忆里走出来,排着队在我的脑海里唱啊跳啊,那生动的笑声和笨拙的动作,让我不得不面对他们。于是我翻身而起,于半睡半醒之中漫步在过去和未来之间。

从我有记忆的日子算起,生活好像是从一个又一个滚烫的太阳开始的,因为我们的头顶没有一片云没有一枝树叶。我的家随便地被丢在一个四面漏风的黄土坡上。房子的四周,是赭红或者土黄的大地,一个个沟沟坎坎,像是人们的肋条,干瘦而无精打采。

我家的房子,就像肋条上的一颗痣。当然这是我很小的时候无意中的一大发现,当时我很为自己的伟大而沾沾自喜。可是多年以后当我的思想有了一定的深度以后,我就一直想改变这种想法,为什么要是肋条上的一颗痣呢?要是让它长在额头或者下巴上该多好啊!

长在眉心里可以是一颗美人痣,人见人爱;长在下巴上就更了不得,那是伟人痣,就像伟大领袖毛主席的那颗。可是无论我怎么设想,那记忆都根深蒂固冥顽不化,不肯做一点让步,我只好为自己当年蹩脚的想象懊悔不已,连连责怪自己的浅薄和没有有远见。就此作罢。

那时候风总是从坡下的南台子刮来。风像一个可恶的强盗,先是悄悄地从山下爬上来,到了跟前,却张牙舞爪,擂着呼啸的战鼓,肆无忌惮地撕扯着零零星星散落在山坡上的老房子。山坡很瘦,瘦得连一棵草都不长,除了黄土还是黄土,所以风来的时候便长驱直入,从来没有遇到过任何抵抗。更为可恨的是，随后黄土也入伙风的队伍，煤灰也入伙风的队伍，风便长了气势，脸色由白变黄再变黑，盘旋着在我们头顶咆哮，像传说中的恶魔。这时候我们总是瞪着惊恐的眼睛，躲在老屋里，躲在母亲的身后，大气都不敢出。而老屋，也像孤苦伶仃饱经风霜的老人，在风中战栗着，却始终伛偻着身子，不愿倒下或者随风而逝。

所幸的是，最后我们那破旧的老屋总是有惊无险地度过了一个又一个危险的季节，直到我们最后的离去。而我们，也在母亲的歌谣里慢慢长大，一个个远离了老屋，就像蒲公英的种子，随风飘落在祖国的大好河山，落地生根发芽。

到现在我还能清楚地记得老屋的眉目，她的整体布局应该是一个北方特有的烟囱的拐把子造型，是五间呢还是六间？从正门进去是第一间，然后往右一拐，便是一字排开，间间相通的一溜，在我的记忆里，很高大很壮观很空旷。说她高大是因为那时我太小；说她壮观是因为我家的孩子多，所以房子排开比别人家的要长；说她空旷是因为房子里除了床几乎没有其他物件。

老房子很坚强，就那样倔强地站在岁月里，任凭风一次又一次地撕扯，雨一次又一次地纠缠，太阳一次又一次地烘烤，却始终不肯屈服，有些像面对严刑拷打而威武不屈的共产党员（不好意思，我颇为有限的思维空间里能够想象得出的最伟大的形象也仅限于此了）。

其实老屋这样有骨气，是和她的出身很有渊源的。要知道，造就她的，是一群特殊的共和国公民。这就是兵团人。也许是兵团的传奇，造就了每一间兵团老屋的无一例外地这般沧桑。

那么我家的老屋有些故事或者苦难的经历也就不足为奇了。

我可以想象当初我的父母和更多的挖煤工人（哦，到现在才想起来，忘了告诉大家，我的父母曾经是一个成建制的兵团农场煤矿的一分子）是怎样艰难地一次又一次从遥远的湟渠取来水，和着坚硬的黄土和石砾一锹一锹筑起老屋的脊梁，然后又怎样从更遥远的地方运来柏桦松杨等各色木头，搭建起在这恶劣环境下赖以生存和扎根建设的老屋。

说到湟渠我要补充一句，也许有人注意过，这是一条和禁烟英雄林则徐息息相关的渠，或者也能够叫作河。他是当年林则徐被流放到伊犁后带领伊犁人民修建的一条人工水利设施，如今一百五十多年过去了，依旧在滋润着伊犁河下游的几十万亩土地，为了纪念他人们也把这渠叫作林公渠。写到这儿我才明白，为什么我家的老屋如此饱经风雨而不屈，为什么我会具有如此笑对人生乐观豁达的性格（有些自吹自擂了哦）。原来命中注定，我是受了民族英雄的惠泽，从小喝着父亲从林公渠拉来的水，住在林则徐精神支撑下的房子里，才有幸成为黄土沟里走出来的一个不算栋梁的人才啊！

写到这里我就按捺不住心中的激动，恨不得立即飞回我那魂牵梦绕一派破败的记忆里去。当越野车一次又一次地跳跃着接近我的记忆时，我的心儿有些惊慌意乱，我不知道我将要面对的是一种怎样的画面。

凭着三十年前的顽固的记忆，我在满坡散乱的黄土堆中找到了我家的老屋。经过三十年岁月的侵蚀，我的记忆中高大的土坯墙明显地萎缩了，只剩下一溜低矮的墙体依稀可见，就像远古的城墙，凄凉地半躺在风中等着我回来，再看她一眼。我想，也许在和我会晤之后，她会很快消失得一干二净，就像一片树叶回到大地之后便没了踪影，更何况她本身就是大地的一部分啊！这么多年，她始终站在这儿不肯离去，就是为了等着我，这远方的游子的最后回眸吗？我的眼睛湿润了，贪婪地看着这久别了一切。虽然荒凉依旧，却也亲切依旧。

老屋身后的那个山沟，似乎也没有我记忆里那么深不可测了，因为她的苍老，或者是我的长大，她也变得瘦小了。我仔细地辨认，努力寻找当年丢下的每一个情节。我的玩具曾经不小心滚入她的怀中，一直没有找到。还有几乎家里所有的垃圾，也毫不吝啬地统统倒进去，她都默默地接受了。可是如今我却找不到一个完整的碎片，想想那个时候我们的日子是多么环保，想留下一些不可降解的纪念都是难以实现。

就在我凝神怀念的时候，竟然有一些像鼹鼠一样从地下爬出来的满脸煤黑的人们惊奇地看着我们，我的记忆迟疑了：当年离开的时候，父亲不是告诉我，这儿的煤炭挖完了，资源枯竭了吗？

后来在团场的史志里，我看到了这样一段话，该煤矿作为曾经教育和改造政治犯和各类问题人员的特殊单位，"文化大革命"结束后予以撤销，所有工作人员返回团部，重新组建新的单位。

仔细想想我们撤离的时候正是伟大的设计师邓小平重新担任领导职务的日子，我这才恍然大悟，我的父老乡亲，是得到平反昭雪结束了流放生涯，才得以离开这个荒凉的地方。

阿力玛里

由于血统的原因，阿力玛里在我的记忆里显得更浓墨重彩一些。根据史书记载，阿力玛里曾经是显赫一时的中央帝国都城，是成吉思汗二儿子察合台的领地。这儿，到处可以见到成吉思汗当年的足迹。

我们从当年那个破败的小煤矿撤离之后就回到了这里，原来这里才是我们的家乡。

我们抵达的时候，阿力玛里到处都住满了人，只有这片戈壁滩，还孤零零地躺在那里等着我们。我们只好不情愿地选择了这个地方。当然这个"不情愿"里面不包括我，但是"我们"里面却包括我。因为那时我只有八岁，是只知道吃饱了不饿的年龄，哪里来的情愿不情愿呢？于是我就和大家一起在阿力玛里扎下了根，没有情愿，也没有不情愿，就像当初母亲生下了我，哪里容得了我去选择呢？我们的拖拉机车队走到这里就停下了，就像当年西迁的锡伯人一样，停下了木轮车，便永远地留在了伊犁，留在了伊犁河边。而我们，永远在阿力玛里住下了，开始用坎土曼等等一切可以利用的工具开创我们的新生活。

这里是一片戈壁滩，大大小小的石头像数百年前的士兵，列队而立，等待着我们的检阅。这儿的风一样很大，呼呼怪叫着，从一个连队跑到另一个连队。有时候，你甚至可以看到石头蛋子在戈壁滩上赛跑。

听多了天气预报，才知道这儿是个大风口子，从乌拉尔山南下或者从西伯利亚来的冷空气，总是来势汹汹，彪悍难挡。有一年冬天，把整个阿力马里的果树都冻死了。我们是在三天前就得到了消息，全村（或者叫全城？因为这里毕竟是有史书记载的古城啊）的人都紧张起来，大人小孩都行动起来，一时间阿力玛里像个大的柴火垛，果园里、田埂上，到处都堆满了柴火，夜半时分，得到消息的村长一声号令，人们齐刷刷点燃了手中的火把，整个阿力玛里便如同白昼一般，浓烟弥漫在阿力玛里的上空。可是即使这样严阵以待，我们还是败下阵来。那些硬硬的风，带着不屑一顾的神情，不紧不慢地走遍了阿力玛里的整个角落，走过的地方，什么都变硬了，脚踩在雪地上，咯吱咯吱响，我们的耳朵，直愣愣得可以当冰雕作品参加冰雪节的展览了。

第二年的春天，没有一棵果树开花，我们的耳朵，无一例外地淌着黄水，散发着一股怪怪的气味。

可是当时我们没有选择。当我们的车队经过几天跋涉回到自己的家园时，迎来的是一路上惊奇的目光，在这些散发着泥土气息的人眼里，我们显然是外星人。虽然，大家都是兵团战士。可是由于离开得太久，我的父亲和他的队伍已经被大家遗忘。唯一能证明他们存在的，是团场的红头文件和档案室里的那几页纸。

后来我才知道，当年我的父亲是受命于危难之中，其实也是为了我们一家老小能吃口饱饭。原来当时我的母亲为了响应毛主席老人家的号召，已经由光荣的兵团战士转变为持家的高手，按兵团的行话叫家属。可是无论母亲怎样精打细算，也无法用父亲一人的工资填饱我们八张嗷嗷待哺的嘴。所以团场领导让父亲选择去向时，父亲便选择了没人愿去的劳改煤矿。当然，父亲是去当矿长，因为父亲是老革命，所以父亲有优先选择的权利。本来父亲还有更好的单位在等着他,可是父亲却选择了这个最荒凉最艰苦的地方。因为到了煤矿母亲也能重新上岗,家里就能多一份收入。

因为父亲的"一念之差",我们多次面临当孤儿的危险。在我幼小的记忆里,最恐怖的莫过于矿井上传来的警报声。每当这个时候,就能听见整个矿区如临大敌、慌乱奔跑的脚步和撕心裂肺的哭叫声,我们也慌不择路地跟着这些慌乱的声音追到井口,就见一个又一个满脸黝黑像面条一样瘫软的汉子们被架了上来。婆姨们手忙脚乱地冲上去找到自己家的男人,拿着醋瓶子捏着嘴巴狂灌。不一会便有人惊喜地叫道"好了,好了!"随后有男人醒过来的呻吟声。但是也有灌了半天却再也没有反应的,于是就听到女人拖长了调子地哭天喊地,接着必定是一群大小不一高高低低的孩子的抽泣。我们便在这到处是满满的醋酸味的哭声里惊慌失措,因为我们明白,这种危险随时也会降临到我们的头上。

好在父亲在经历了一次又一次的和死神的搏斗之后,终于取得了最后的胜利,完整地带着我们回到了阿力玛里。

我们的车队是那个年代兵团特有的拖拉机大军。说是搬家,可是在那个年代,有什么家当可搬呢?每家几乎都是清一色的几只大木箱和几张床和几副床板。剩下的,便是从老房子上拆下来的木头和苇席,这是我们到了新地方将要继续发挥重要作用的材料。还有些人,把家里烧剩下的煤炭也装上了车。于是我们的队伍便有些奇形怪状,在阿力玛里老村民的眼里,像是一支逃难的队伍,又像一个吉卜赛部落,不是简单的迁移,而是连根拔起,重新寻找落地的土壤。只是,我们不能随遇而安，因为我们不能选择自己的命运，我们的道路，是早已经由团部首长定好的。我们只能在那个指定的时间，赶到指定的地点，然后，开始我们的新生活。

到了目的地，卸下所有的思念和委屈，几乎所有的人都号啕大哭起来。这一天，他们等待了多少日子啊！在每一次出现塌方和瓦斯爆炸的时候，在每一次看到自己的同伴在事故中离开人世的时候，在每一次莫名其妙的运动中，他们就期盼着这个日子。今天，终于远离了苦难和生命的威胁，看到了未来和希望，他们怎能不激动呢？

安顿好了我们之后，父亲和母亲便开始和大家一起搭建新的家园。依旧是老一套，自己打土块，自己砌墙，自己上梁，自己抹墙，小煤矿里，能人多的是。更何况，这儿有从天山一路流淌下来的开根河水呢。一个夏天过去，所有的流放者就住进了自己亲手盖起来的土块房子里。每个灵魂，都长舒一口气。也许，所有的人都一样，有了自己的房子才算有了家，有了家才算有了根。

后来我们才知道，我们捡了个多大的便宜。大家给我们留下的，竟然是阿里玛里古城最中心的地带。因为在我们家的屋后一个大土堆里，我一次又一次地捡到色彩斑斓的陶片，还有在开根沟河的冲刷下，一个又一个重见天日的土陶罐。

有一年春天，村民王三多在犁地的时候，被地里的一道亮光刺痛了眼，他就走过去看个究竟。没想到这一低头他竟然看见了一个天大的惊喜，也发现了一个天大的秘密，原来有一坛金元宝在那里等着他。这对于王三多一家，对于整个阿力玛里来说，都可以算得上历史性的发现了。

接着就又一拨又一拨的人来到这个大土堆细细地寻找和挖掘,最后据说有专家宣布,这是当年中央帝国都城的王宫遗址。我们这才知道,塞翁失马焉知非福这句话是多么的伟大。虽然我们差点被历史遗忘,可是老天却留给了我们最辉煌的福祉。

后来过了很多年,王三多还陶醉在金元宝的梦境里不愿意醒来。每到春天的时候,王三多不再去播种,而是低了头跟在闪亮的犁片后面,马禾木和刘小四看见了,也一门心思地跟在犁片后面,阿力玛里的其他村民见了,也怕自己失去了机会,一个个都低了头跟在犁片后面。那场面很是壮观。可是大家梦想的惊喜再也没有出现,只有偶尔被惊醒的几只大老鼠在人们的唾骂中仓皇而逃。

阿力玛里人却改不了低着头走路的习惯了。此后的很长一段时间,全村(或者全城)的人都得了低头症,眼睛只盯着地里,看脚下一寸远的地方。这样过了没多久,阿力玛里就像一个衣衫褴褛的老人,失去了往日的风采和生机。那些果树们,默默地站在风中,枝丫上光秃秃的没有一个苹果。

这以后我就知道了关于阿力玛里的一切。我睡在我家的土房子里,一闭眼却总见满山遍野的蒙古武士簇拥着一个巨大的战车缓缓前行,那个红脸膛的大汗正在威严地演讲,随着他的胳膊挥舞,人们便热烈地欢呼。这时候一排大鸟从天上飞过,他皱了皱眉头,从背后取下弓箭,仰起头只那么随便一拉,便有一只大鸟一声不响地从空中扑棱棱地掉下来,其他的大鸟便惊叫着四散而逃。那只大鸟扑腾着掉下来的时候,翅膀几乎遮住了整个天空。我惊异地醒来时,头上的汗水还停留在千年以前。

我就想象着成吉思汗的大军当年经过长途跋涉,越过浩瀚的戈壁荒漠之后看到这果实累累的人间仙境之后的惊喜和狂欢,就想象着鞍马劳顿的蒙古勇士们是怎样地享受着亚当和夏娃的缠绵。在苹果的气息里,阿力玛里日渐繁荣起来。

可也是这甜美的苹果使阿力玛里成为灾难的根源,杀戮和武力总是偷窥着美丽的女人和舒适的乐园,谁都想把美好据为己有,可贪婪和自私最终带来的是毁灭。苹果乐园在战争中走向衰败,甚至消失。

直到我的父辈们跟随着的红色的大旗从南泥湾来到这里,那些枯萎的苹果树才重新焕发生机。

当我知道这一切时我的心情可想而知有多么的骄傲。我想,在这片土地上,我的父亲是可以和成吉思汗相提并论的。因为他们都是骑着马一路杀伐来到这里的。只不过,成吉思汗是为了扩大疆场,而我的父亲却是为了捍卫和平。

成吉思汗只是一路创造着辉煌,从一个城池杀向另一个城池。阿力玛力,只是其中的一个。

父亲却永远地留在了这里。他的战刀化作了犁铧,他的战马拉起了一个时代。亚当和夏娃,再一次回到这苹果乐园。

阿力玛里的大地,便花红柳绿,人丁兴旺起来。

(注:阿力玛里,突厥语苹果城的意思。)

黑哞

黑哞刚到我们家的时候,似乎很不习惯,它圆睁了两眼,东看看西瞅瞅,然后仰起头对着天哞哞地叫个不停,叫完了,就站在墙角想自己的心事，我去给它添草，它不理我。不理我也倒罢了，它还对我家院子里的鸡呀羊呀的统统不屑一顾的样子，我就有些看不惯，上去抓住笼头提起皮鞭狠狠地揍了它一顿。

那一年我十二岁，黑哞大概四个月大。

我没想到黑哞会对我的那顿下马威耿耿于怀。随后的几天里，只要是我一进后院的牲畜圈，它就停止了吃草，眼睛直直地看着我，好像随时提防着我，看上半天见我没有什么动作，它就会转过头去，轻蔑地打个响鼻，有时候甚至甩出一摊鼻涕，吓得我赶紧跳着躲开。我想这时候它的心里一定在偷偷地乐。

更让人想不到的是，几天后的一个傍晚，黑哞突然趁我们不注意，从圈里跑出来，一溜烟向着太阳方向跑去，好像太阳是它的亲爹亲娘一样。我张开胳膊我拦了一下，它竟然全然不顾，直对着我冲过来。它那眼神，恨恨地冒着红光，我一看，就知道这家伙想报那顿皮鞭之仇，心里一激灵，赶紧给它让开了去路。

没想到这一让可就苦了我和父亲。这家伙对着太阳落山的方向撒开蹄子没命地跑去，我和父亲只好甩开两脚拼命地去追，这可是我们花了一百元钱买回来的一头小母牛，还指望她给我们窘迫的日子带来点起色呢！在当时，一百元钱可不是个小数目。没想到黑哞这么不讲信用，就因为我打过它一次就怀恨在心，背信弃义。我一边追，一边恨恨地想，等抓回来看我不再狠狠地给你一顿老鞭！

好在我和父亲熟悉地形，就在黑哞跑到了开根沟河边，对着哗哗的河水发愣的时候，我从另一个方向迂回到了河对岸。

黑哗显然看见了我。它犹豫了一下，还是试着把蹄子踏进了河水里。从它的眼里，我看到了一种坚定的信念。我想，看样子它今天是不达目的誓不罢休了。这让我很恼火，决心无论如何也不让它的阴谋得逞。这时候父亲也试图和我来个合臂包围，只要抓住它脖子上的缰绳就算大功告成了。我当时心里一阵狂喜，心想，小家伙看你再狂，要知道俺爹可是老革命，是骑着马打过土匪的正宗骑兵呢！

可是黑哗好像一眼就看穿了我们的企图，干脆孤注一掷迅速跳进了河水里，从我和父亲的包围中突围出去。过了河，它就更有信心了，撒开蹄子开心地哗哗大叫着绝尘而去。这下可苦了我和父亲。两只脚和四个蹄子赛跑，难度可想而知。更何况，这时候天已经黑了。我们追得仓促，没有带电筒，也没有来得及吃晚饭，此时饿得前胸贴后背，实在是无法敌得过刚刚吃饱喝足体力充沛的黑哗。再加上正是秋天，一路上有很多才秋翻过的麦地，大大小小的土坷垃像是黑哗设下的路障，影响了我们的速度。我们只好深一脚浅一脚地跟在黑哗身后，一路追踪而去。

好在父亲虽然已经是近六十岁的人了，却因为有当年骑兵团战士的老底子在，身子骨还算硬朗，我也正是小老虎一样的年龄，这天晚上我们硬是跟着黑哗一口气跑了六七公里，直到它欢叫着跑进一个到处弥漫着玉米清香的村庄，我们才算到达目的地。

我们的到来首先惊动了村头放哨的狗，它先是看到了黑哗，想必是认识的原因，就一声不响地放它过去了。可是等我和父亲跟头把势地追到路口时，这家伙却突然从路边一个阴暗的角落里蹿出来,勇敢地追了上来。这是一条白色的大公狗,个头几乎和黑哞差不多高。我先是被它的突然出现吓得一愣神,很快我就反应过来,蹲下身子装作寻找石头的样子。我知道全世界的狗都一样害怕石头。这一招果然很灵,大白狗立即警惕地停止了攻击,扭头就往回跑。这下我算是放心了,看样子这畜生也就是个子大而已,智商和其他狗没有什么两样。

于是我和父亲继续前进,毫不犹豫地进了村。我一站起来往前走大白狗立即又扭转身追了回来。现在形势发生了变化,我和父亲且战且退,大白狗不依不饶地跟在我们身后。它的嚎叫凶狠而又胆怯,像是在给全村的狗们报信,盼望着他们的增援。听到了它的信号,哪个狗还好意思不来呢?这下村子里可就热闹起来。几乎全村的狗都纠集到一起,追赶着我和父亲这对不速之客,就像是在愤怒地声讨我们的到来打扰了它们的好梦。这样在狗们的一路纠缠中我们来到一个高高的农家大院。黑哞已经在深情地呼唤了。父亲买牛时来过,告诉我这是黑哞的老主人家。我们便停了下来,狗们也不敢贸然前进,而是站得远远地望着我们仰天干嚎。那声音已经没了先前的愤怒,像是骂大街的泼妇骂累了之后而又不甘心失败的情形。

听到黑哞的叫声,农家后院也很快有了回应,是一声更比一声高的牛哞,那声音一听就知道是黑哞的母亲。于是此起彼伏的牛哞声就在寂寞的村庄拖长了调子。母女俩的二重唱和狗们的"大合唱"很快惊醒了主人。当老两口提着煤油灯看到在院门口凄凉和急切地用蹄子刨着门的黑哞,随后又看到坐在石墩上喘着粗气的我们爷俩,简直惊呆了。

于是主人赶紧打开圈门先把黑哞放了进去。黑哞立即跑到一头和它一样闪着油亮毛色的黑牛跟前,迫不及待地跪在母亲的脚下大口吞咽着香甜的乳汁。那头黑母牛则开心地甩着尾巴,低下头亲热地舔着黑哞。

走,先让这小牛犊子吃个饱,让它们娘俩好好亲热亲热,你们父子俩也跑累了吧?到家里休息一会,喝点热水!见了父亲,主人一看什么都明白了。

听说我们还没有吃饭,男主人立即叫老伴拉起了风箱,不一会就端出了一大盘白花花热腾腾的杠子馍,还有一大盘白菜粉条肉。我和父亲也真是饿了,就不客气地大吃起来。在我的记忆里,那可是一顿绝佳的美味,当我一口气吃下三个大馒头时,老大娘有些担心地提醒我:小伙子,慢慢吃,别急,喝口水。我这才觉得自己回过神来,不好意思地笑笑,听着父亲边吃边和主人家聊天。

后来等我们谢绝主人的热情留宿时已经是夜半时分了,我和父亲牵着黑哞,沿着来时的路往回走。后来黑哞果然不负众望,生下了一个又一个小牛犊,我们的日子,也一天比一天好起来。那一年正是分田到户的好光景开始的时候。

多少年之后,我还常常想起黑哞,想起那晚和父亲一起走过的路。那一路的奔跑,真是锻炼了我。

狗蛋的命运

在我的眼里,整个阿力玛里,就狗蛋一家有些来路不明。

虽然那时候大家都是清一色的蓝色工作服(本来那个年代最流行的是黄军装,可是被管教的对象却没有这个资格了),但是狗蛋的爹娘混在人群里就像两颗土豆,或者像一颗土豆一棵白菜放进了装翡翠玛瑙的盒子里,那样的显眼,怎么看,都不协调。

现在想来,可能是气质的原因。那些牛鬼蛇神,都是有些深厚的历史渊源或者传奇故事的。比如那个眼镜像酒瓶盖一样厚实的黄三怪,就是留过洋会说三国语言的敌特分子;那个叫王麻子的,父亲跟着蒋介石跑到了台湾那个孤岛上还一直念念不忘反攻大陆,自然是要被监管起来防患于未然的;那个叫二流子的,母亲是上海最大的走资派的姨太太,虽然新中国成立后另嫁了人,可是二流子的出身却由不得己,无法更改了……凡此种种,那时候能流放到那个小煤窑的,皆非等闲之辈啊!可是狗蛋的爹娘算什么呢?狗蛋的爹娘仅仅是一对盲流。

盲流就是自己跑来的,盲目流动的意思。其实仅仅是盲流也就罢了,关键是狗蛋他爹虽然大字不识一个,但是脑袋瓜子却很活,盲流到了新疆生产建设兵团不说,还搞起了投机倒把的买卖,于是就有幸被发落到了那个小煤窑,跟着我父亲一起不见天日地为社会主义做贡献。狗蛋的娘是从犯,也只好一起跟着来了。

可即使是劳改犯,也分三六九等,以后谁要再说过去老百姓不知道尊重知识分子我就跟他急,因为从小我就知道,"臭老九"比"盲流"有身份。记得有一次搞批斗,实在找不到人斗了,就把狗蛋爹娘揪上了台。可是批判什么呢?实在找不出什么"罪大恶极"的理由,有一个群众就拿着皮带抽狗蛋他爹,抽一句骂一句:人家黄三怪和王麻子是特务,二流子是国民党的狗崽子,可人家都有文化,你算什么玩意,也跑来凑什么热闹!可见,虽然那时候对"臭老九"痛打落水狗还要踩上一脚，但其实贫下中农们心里对有文化的人从内心深处是充满着仰慕嫉妒恨的。

也许是这种反差，也许是太多的苦难，让我牢牢记住了狗蛋一家。

狗蛋是我的同学，之所以以他作为我的标题主角，是因为我的记忆里只有他现在还是清晰的，还继续在阿力玛里，在我们老家的屋后经营着一家人赖以生存的一亩三分地。

那个时代为了响应伟大领袖的号召，妇女们都从工作岗位上回到了家里，没事干就拼命地生孩子，狗蛋的娘虽然是"异己"分子，可是响应毛主席他老人家的号召一点也不含糊，于是就有了哆来咪发少拉西多一样排列的狗蛋的兄弟姐妹们。

孩子生下来就得起名啊，那时候好像大家都比着看谁家的孩子名字起得更贱，名字越贱越好养活，是那个年代非常流行的说法。因此狗蛋和他的兄弟姐妹们的"贱名"便应运而生。我的记忆里，能和"蛋"组成的难听词几乎被他们家给用完了。什么狗蛋、孬蛋、黑蛋、臭蛋之类的统统没能幸免。当然，唯独坏蛋有些太泾渭分明，狗蛋的老子可能是狠狠心放弃了它。再就是狗蛋还有一个姐姐和两个妹妹，因为是女孩子，也幸免于被冠之什么蛋之类的大名。

那个年代，生活没有方向，就像一条抛了锚的破船，任由它随波逐流，而灾难似乎也随时发生，那破船就时时面临着沉没的危险，但是大家已经习惯了。对于中国人，习惯贫穷和灾难好像是与生俱来的天性。于是我们在某一个早晨或者傍晚，就常常会听见某一家人哭天抢地的悲恸。而在这之前，大家都在平静地生活，就像在默默等待噩耗降临，虽然事先并没有任何先兆。当然，灾难来临的方式也绝不雷同，总是有些让人出乎意料，却又好像来的天经地义无法抗拒。人们便渐渐麻木了，习惯了生离死别的场面，顶破天会有人摇摇头满脸无奈地摇摇头：唉，好人不长命，坏人活万年啊！

狗蛋的一家，便是在这种情形下开始了多舛的命运。

先是狗蛋的弟弟孬蛋，揭开了狗蛋一家悲惨命运的序幕。这孩子最后一个来到狗蛋家，倒第一个离开了这个世界。

那一天我趴在自家的窗户上，脖子都快扭歪了，两眼望得酸巴巴直流眼泪，好不容易才盼回了下井回来的爸爸妈妈。我噢的一声大叫，就像一只撒欢的小狗娃子从黑黢黢的屋子里蹿了出去。就是这个时候，我听见我家屋后传来一阵杀猪似的号叫，我不由得打了个哆嗦，那声音实在是惨得瘆人。仔细一听，是从狗蛋家传来的，女主角是狗蛋的妈。

不一会母亲就匆匆回来了，原来是狗蛋的小弟弟孬蛋出事了。那时候，大人们去上班，一般都是把孩子锁在家里。孬蛋也就刚刚学会走路，大概是睡觉醒来渴了，就在家里找水喝，找到了放在墙角装水的大铁桶，就踮起脚爬上去喝，不曾想却一个倒栽葱，掉进了水桶里，活活淹死了。

接着是狗蛋的哥哥黑蛋，家中的老大。那一年父母结束了被流放的日子，从没有一滴水的黄土旮旯回到了山清水秀的阿力玛里。大人们欢天喜地，我们小孩子自然也是像回到草原上的小羊羔，撒丫子蹦跶。从来没见过水渠的黑蛋就把水稀罕得不行，尤其是看见水渠里还有游来游去的小鱼，更是喜出望外。就在他逆流追随着一尾小鱼来到一个过水的涵洞下，小鱼摇摇尾巴过去了，他却因为身体太大，被卡在了涵洞里无法通过。黑蛋不得要领，不知道后退,而是拼命往里钻,结果水越漫越高,最后他被自己的身体挡住的水淹死了。这一年，他大概十五岁。

好在回到了阿力玛里不久，团场就拉开了包产到户的序幕，批斗大会再也不开了，人们的生活变得有了希望，狗蛋的父母也就慢慢从失去了儿子的痛苦中解脱出来。这时候大伙都开始铆足了劲往地里洒汗珠子，恨不得立马从土里刨出金子来。可是狗蛋的爹却又不安心了，先是偷偷摸摸地从相邻的地方农村换来一点鸡蛋，趁天黑给说好的人家送去。后来看看没啥动静，狗蛋爹的单子就慢慢大了起来，开始大明大方地从事起老本行来。

狗蛋爹在老家的时候学过杀猪，真所谓"杀猪杀屁股，各有各的杀法"，狗蛋爹可能是学艺不精，经他宰杀的猪，血总是放不尽，所以肉就是血乎啦叽的，让人看着不放心。再加上偶尔耍小聪明卖过几次老母猪肉，大家就对狗蛋爹失去了信任，他的猪肉自然就不好卖了。如此几番，狗蛋爹就更觉得失去了心劲。常常失魂落魄地坐在牛车上，任由老牛自己满世界乱逛，走到哪个连队就在哪个连队吆喝几声，有时候迷迷糊糊睡着了，顶风冒雨地在外面晃悠一天，肉也卖不了几斤。

没办法只好用剩下的肉剁碎了灌香肠。可是香肠依然做不好，甚至有些肉变质了还要灌进去，连里人路过狗蛋家，大老远就能闻到一股怪味，熏得人胃里翻江倒海。没办法，整个连队的人出门都躲着他家走。

狗蛋的母亲身体不好，大家都叫她"半条命"，她没法干地里的活，也没法帮狗蛋爹去卖肉，我的记忆里，见得最多的就是她坐在门前拿个锥子扎床板里的虱子。因为环境卫生不好，狗蛋家成了虱子跳蚤的天堂，孩子一个个被咬得满身红包，哭爹喊娘的。可是由于虱子太多，光是用锥子扎解决不了问题。没办法，晒被子、晒床板就成了蛋狗家最大的工程之一。大太阳暴晒之下，虱子们躲不住了，就从床板的缝隙和小洞里爬出来，狗蛋娘这时候眼疾手快，只听得叭叭的响声，一个个虱子臭虫就在手中粉身碎骨了。以至于最后一到冬天，狗蛋几兄妹最大的乐趣就是抓虱子。冬天的时候，一个抱着一个的头，那全神贯注的样子，让人想起峨眉山的猴子。记得有一次我去狗蛋家拿个东西，狗蛋娘很热情地请我坐，可是看着黑咕隆咚的屋里到处是油光发亮的脏衣服和散发着臭味的香肠，我哪里能坐得下去啊！在屋子里站了一会，我拿上东西就赶紧离开了。可即使是这样，回到家我就开始浑身发痒，第二天起了一身红疹子，抹了好多天氟轻松软膏也不见好转，后来实在没办法，父亲带我去师医院开了中药才慢慢治好。

20世纪80年代，由于好政策的来临，大家的日子都慢慢有了起色。可是狗蛋家由于劳力少，又不会经营，日子依旧过得窝窝囊囊。唯一值得庆幸的是，这段时间蛋狗一家人平平安安，再没有出现什么意外。要说意外，唯一的一次也就是狗蛋掏黑八出了点事，好在有惊无险。我现在想想"大难不死必有后福"这句话好像就是专门为他准备的。团场的孩子有个好处，不管家里再穷，学是一定要上的。所以即使家里臭肉堆积如山，狗蛋一天到晚一样和我们一起背着军绿色的书包大老远地跑着去学校。别看狗蛋长得很木讷，而且腿短胳膊长，活像一只大猩猩，可是他有一个特殊的本领，就是掏鸟窝。再高大再滑溜的树，他往手心里吐两口口水，然后抱着树干，两腿一夹，赤溜赤溜就上去了。所以我们都喜欢和他一路上学放学。有一天中午，走到半道上，听到路旁的高压电线杆上有"叽叽喳喳"的鸟叫声，狗蛋一听内行地告诉我们：这是一窝小黑八，再不掏下来就要出窝起飞了。我们看着电线害怕地说：上面有高压线，会打死人的！可是狗蛋毫不畏惧三下两下就爬上去了。正当我们为他揪出一只尖叫的小鸟鼓掌的时候，只听一阵噼噼啪啪的响声，狗蛋哎呀一声双手丢开了水泥杆，身子悬在半空中，随着高压电线一上一下，我们吓得大哭起来。好在上下悬浮了几下，电线的吸力减弱了，狗蛋从高空中掉了下来，正好落在一堆沙子上，满嘴冒着白色的泡沫，就像刚开瓶的啤酒，丰富而恐怖。我们赶紧跑去找来连里的卫生员，才把狗蛋从死亡线上拉了回来。

时间一晃就到了20世纪90年代，大家的日子越来越红火，可是狗蛋家依然没有多大起色，厄运却又不断来纠缠着他家。先是出嫁的大妹不堪家暴，喝了一瓶"敌敌畏"农药自杀了。接着弟弟臭蛋又得了癔症，一天到晚歪着个脖子看谁都不顺眼，动不动就和连队里的小伙子打架。后来莫名其妙地离开了连队，据说是出去闯世界，就再也没有回来。

没几年，狗蛋的父母也都先后去世了，狗蛋一家就剩下姐弟四个。大姐嫁到了远方，一直过得不温不火，算是平平安安吧。妹妹的情况要差一些，嫁了个隔壁连队的青年，感情不和离了婚。回来不久，男人又得了病，中风瘫痪在床，妹子看着不忍心，又回去端屎端尿地伺候。那个之前生龙活虎动不动就动拳头的男人哭了好多场，觉得自己对不起老婆，几次想要自杀都没有成功。

经过二三十年的改造,连队的戈壁滩变成了宝地,阿力玛里成了名副其实的苹果城,狗蛋带着弟弟响应团场多元增收的号召,在果园里养鸡养鸭,很快也成了腰包鼓起来的一族。有一天狗蛋的外甥来报喜说,自己考上了大学。看在死去妹妹的情分上,一向抠门的狗蛋咬咬牙给了几百元路费,送走了外甥。没想到当晚老婆和狗蛋一场大战,第二天不辞而别,回了娘家。等到秋天该采摘苹果了,还不见老婆回来,狗蛋这才慌了神,去地方乡村的岳父岳母家寻找。没想到岳父岳母一听很惊奇,撕扯着狗蛋要人。

两手空空的狗蛋回到家才发现,这些年挣的钱都在老婆手里,究竟有多少都是一笔糊涂账。老婆这一跑,狗蛋一下子回到解放前,成了穷光蛋。这下整个阿力玛里都轰动了,传言说狗蛋的老婆卷走了几十万。男人们都开始捂紧了钱袋子,生怕落得个蛋狗一样的下场。

好在老天有眼,狗蛋埋头苦干了几年,蟠桃园连续获得大丰收,手里又有了几十万元的存款,一个当年从连队嫁出去的小媳妇,离了婚在外面晃悠了很多年,又回到了娘家。在热心人的撮合下,狗蛋终于又有了个温暖的家。

当我回老家看到狗蛋开着新买的越野车咧着嘴对我憨笑的时候,我的心里感到热乎乎的,这就是我的乡邻,不管经历多少波折,最终还是通过勤劳的双手过上了好日子。

我想,狗蛋的父母如果泉下有知,也应该知足了。

新疆的味道

在那花园的香气中,在薰衣草和晚祷的气息中,在星期日的一片宁静中,她写信给我。

——(瑞典诗人)拉格克维斯特

记得新疆著名诗人沈苇曾经写过一篇文章,说孜然的味道就是新疆的味道,也是古老西域的味道。这一点,我深以为然。可是今天我要说,除了孜然,还有薰衣草。薰衣草的味道,是现在新疆和未来新疆的味道。无论如何,今后新疆的名片上,是应该写上薰衣草的芳名。

不可否认,孜然在新疆人的生活里,有着根深蒂固的记忆和影响。可是薰衣草呢?历经半个甲子的耕耘,薰衣草,正在不断地浸润到新疆人甚至是世界上每个家庭的生活里。

孜然和薰衣草,就像下里巴人和阳春白雪,一个陶醉着人们的胃口,一个美丽着人们的青春。现代人的生活里,孜然和薰衣草,一个也不能少。从孜然到薰衣草,印证着一个时代的变迁,一个社会的进步。毋庸置疑,孜然和薰衣草,将成为新疆的象征,新疆的味道,无时无刻不贯穿于人们的生活中。是否可以说，这一过程从一个侧面真实地记录了新中国成立六十年来中国人民从温饱到小康的历史进程呢？

既然孜然已经被大师沈苇写得淋漓尽致了，今天我就集中笔墨好好说一说薰衣草吧。

追根溯源

"薰衣草"的名字非常古老，早在公元前4世纪古希腊的Theophrastus所著的《植物志》中我们已经看到了她的芳名。不过因为时间的久远，现在已无从考证这个在地球上至少香了二千四百多年的芳香植物究竟是哪位中国人又在何时给她起的中文名字，但可肯定地说这个名字取得有根有据，因为薰衣草的学名"lavandula"，以及英文名"lavender"、法语"lavande"、意大利语"lavanda"的词根都来自于古拉丁语的"lavo"，即"洗物"之意，也就是说古时的人们将洗好的衣物用薰衣草来赋香，或放之于浴缸里洗浴。

薰衣草为唇形科的半灌木植物。高三十至五十厘米，基部多分枝，密生短柔毛，叶为线开或线状被针形，对生。轮伞花序，通常有六至十花，着生在茎顶端，成连续的穗状花序。花期为每年6至7月，果期为每年8至9月。花中含有芸香油0.8%（干花含油1.5%），精油主要成分为乙酸芳樟醇、丁酸芳樟醇及香豆素，用途很广泛。不过取名者也许没有想到，今天已经很少有人用薰衣草给衣裳薰香了，从薰衣草中提取的芳香油是高级化妆品的宝贵原料，也用于陶瓷工业、医药制品等方面。此外它还具有消炎、防瘤、镇痛、利尿等作用。它还是维吾尔族医疗的常用药，可解表祛风、活血止痛。而更多的人迷恋薰衣草则是因为她传奇的色彩。每年的六七月份，你若是到新疆的伊犁河谷来，一定会被这儿大片大片紫色的海洋所震撼。相信在那奇异的清香里，所有看到这种景致的人都产生梦幻般的感觉。

过去，世界上最为有名的薰衣草种植地是日本北海道的富良野和法国南部的普罗旺斯。追溯起来，这两个因薰衣草而闻名世界的地方，普罗旺斯应该算是始祖。早在1937年，有一位名叫曾田政治的人（后成为日本曾田香料公司的创始人）在法国南部的普罗旺斯的山丘上，被沐浴着盛夏阳光的蓝紫色景色所感动，于是买了五公斤的薰衣草种子带到了日本，因为不知道种在哪里合适，就将种子分成几份，试种在冈山、长野、千叶、北海道，几年后在北海道的富良野取得了种植的成功。但之后的薰衣草并不一帆风顺，据富田忠雄先生（原富良野种植薰衣草的农民，后在20世纪90年代在法国获得薰衣草修道骑士称号）回忆道：由于战争缺食少粮，再加上品种选育技术的不发达薰衣草的发展一直受到限制，直到1961年在国家的支持下，成立了"北海道薰衣草技术者联合组织"，有专门的技术人员进行品种改良技术的研究，通过连续不断地研究终于形成了早花（YOUTAI）、中花(OKAMURASAKI)和晚花(HANAMOIWA)三种优良品种，这些品种的诞生不但缓解了一次性大量集中收获带来的原料不能及时加工的问题，还使其精油含有率得到了大幅地提高，精油品质也得到了改善，薰衣草观光期也比过去拉长了三倍的时间。

意想不到的是1972年以后，随着合成化学的迅猛发展，许多单体化合物被不断合成成功，低成本的合成香料将天然香料打翻在地，薰衣草又一次被冷落了，那时几乎所有的富良野种植薰衣草的农民们为了生存不得不忍痛割爱放弃了薰衣草的种植，但当时还很年轻的富田先生却坚守薰衣草的信念，他相信薰衣草还有生存的希望，说服家人宁可忍冻挨饿也要在自己家的田地上保住薰衣草的最后一片阵地。十几年后正如富田先生所期望的那样，紫色的花海又回到了富良野。后来富田先生这段感人的故事被传为佳话，一直传到薰衣草的故乡——法国普罗旺斯，1990年普罗旺斯薰衣草故乡的人民将"薰衣草修道骑士"的荣誉称号给予了富田忠雄，以表达对这位忠诚的薰衣草的捍卫者的尊敬和爱戴。这使我不能不想到我所生活的伊犁，历史竟是如此相似，新疆兵团农四师的薰衣草种植户们也在市场的海洋里经历了和富良野花农同样的低潮，如今总算柳暗花明，峰回路转了。

　　要说到富良野薰衣草的闻名于世，日本摄影家前田真山先生功不可没。由于他多年的守候和坚持，一幅又一幅优美的一富良野薰衣草为题材的摄影作品才得以面世并且频频在国际上获大奖，前田先生本人因此获得日本文化振兴奖，富良野逐渐成为日本人向往的旅游胜地，每年观光人数超过百万，给富良野带来了不菲的经济收入。可见，有些时候，文化是有价的。试想，如果没有前田真山对艺术的孜孜以求，富良野的庐山真面目不知何时才能被世人所知晓。

　　无独有偶，在我的家乡，有"中国薰衣草之乡"美誉的伊犁，也有着这样一群执着的艺术家，他们用绝美的镜头，向世界展示着伊犁的自然之美，展示着薰衣草的幽幽神韵。

中国薰衣草之乡

赤橙黄绿青蓝紫是生活的七彩色，而紫色是色彩世界里的精灵，她排行老小，却以浪漫纯洁征服了世人，令人如梦似幻。新疆是个粗犷的地方，却能生长出薰衣草这样妩媚灵秀的植物来，真是让人不得不赞叹大自然的神奇！

就是这神奇的造物主，使新疆的伊犁登上了薰衣草王国的宝座。当然，要说到伊犁的薰衣草，就不能不说新疆生产建设兵团农四师，因为这儿是国家农业部正式命名的"中国薰衣草之乡"，精油产量占全国的百分之九十五以上。而说到农四师的薰衣草栽培史，就不能不说到徐春棠这个名字，因为他是中国薰衣草栽培第一人。可以说今天伊犁河谷的几万亩薰衣草，都是他当年栽培的那四百七十三棵植株的后代。

如果说纬度是确定薰衣草能否种植不可忽略的重要依据的话，那么可以推论在这个地球上同样纬度的国家和地区应该有不少，它们也一定可以种植在中国吧？就是这个假设，使五十年前的农四师迎来了一个走向世界的机会。只是，谁也没想到，历史每前进一步要付出多大的忍耐和毅力。从开始引种到被世界认可，农四师整整走过了半个世纪。

1958年中国科学院科学家代表团访问苏联，带回了五十棵薰衣草，研究者们从那时起在中国这片土地上分多处进行了尝试性的种植试验，但都没有获得成功。这时候有人提出在和地中海地区的气候纬度都极为相似的霍城县进行试验。由于兵团较高的农业生产水平，轻工业部便把这个任务交给了在霍城县辖区内的四师六十五团。

历史给了徐春棠名留史册的机遇，也给了他接受挑战的考验。这时候的徐春棠刚刚从繁华的大上海来到条件艰苦的大西北。在选择毕业去向时，上海轻工业学校食品班的学生徐春棠毫不犹豫地告诉老师："祖国的需要就是我的志愿！我要向邢燕子、董家耕学习，到农村去，到边疆去！"这就是那个时代的青年，一腔热血，报效祖国。

毕业后，徐春棠毅然踏上了开往新疆的列车，并且为自己热爱的事业无怨无悔地穷尽一生。现在想想，我们这个时代，是多么需要英雄啊！我说的，是那种敢于为了自己的诺言，为了自己的理想默默奉献一生的人。这样的英雄，也许比一时的轰轰烈烈要付出更多的勇气。

到达农四师后，徐春棠被分配到正在试种香料薄荷的清水河农场。徐春棠一到清水河农场园林队，很快就融入到了兵团职工队伍里，天天扛着坎土曼种白杨树，为苹果树施肥，在薄荷地锄草……在上海的时候，徐春棠家在上海闹市区城隍庙，住的是小楼，吃的是白米饭。而在团场住的是土房子，吃的是馍馍和玉米面糊糊，但他却乐此不疲。不久由他执笔的《清水河农场薄荷种植报告》备受领导赞赏。1964年，国家轻工业部将试种珍贵香料薰衣草的任务分配给新疆生产建设兵团。经场党委研究决定，由徐春棠具体负责这项工作。当年徐春棠从北京植物园引进薰衣草幼苗四百七十三株，试种了十八平方米做试验。

清水河地区夏季干燥凉爽，冬季有厚雪覆盖，具备一些薰衣草生长的条件。但是，薰衣草种浅了易干死，种深了嫩芽顶不出地面，更为残酷的是，据文献记载："薰衣草只能在零下十五摄氏度以上的温度过冬，超过这个极限，就会引起植株死亡。"而伊犁河谷冬季常常达到零下三十摄氏度，这比薰衣草原产地富良野和普罗旺斯要低得多，薰衣草种苗时时面临冻死的危险。徐春棠明白，这娇嫩的"公主"能否在新疆越冬，意义非同一般。冬天，徐春棠冒着严寒，守候在试验棚旁，认真地进行观察和记录。即使患重病，也从来没有离开过半步。娇弱的薰衣草在徐春棠和同事们的精心管护下，平安地度过了第一个寒冬。1965年至1968年，徐春棠又从西安、郑州两个植物园中先后三次引进同一品种进行试验。经过引种驯化，摸索出了一套科学的栽培技术和管理方法，使之逐步子适应了霍城县的气候和土壤条件，闯过了引种、育苗、杆插、越冬等难关，加快了繁殖速度，做到了当年育苗、出圃、定植，并定型为H-701、Q-19薰衣草优良品种。1968年，六十五团场正式被指定为全国薰衣草生产基地。

经过三年小面积试验后，薰衣草又面临着大面积种植的新挑战。薰衣草种籽粒小皮厚，出苗率较低。为提高出苗率，徐春棠从当时农工雪前播种优良麦种中受到启发，对薰衣草进行雪前试种。果然，经过雪地冬眠的薰衣草种子加速了子皮的脱脂腐化，苗出得密集而整齐，出苗率达到90%。无性繁殖能减少品种变异，能保持物种原有的品质。过去临冬采条扦插，采用塑料棚保温，成活率只有25%。徐春棠从菜窖里湿沙埋苹果保鲜中受到启发，将薰衣草插条贮在菜窖湿沙内，春暖雪化时在农田扦插，成活率一下达到75%。这时徐春棠遇到的另一个难题是，伊犁垦区的冬季长达五个月，多年生的薰衣草茎秆比麦秆还细，冬季被冻死的可能性很大。徐春棠想：用土埋后，葡萄就可越冬。薰衣草墩株不高，能否也埋上土过冬？

他大胆试验，经土埋的薰衣草越冬率达到95%。薰衣草种植成功了，但从其花蕾中提炼精油又遇到困难。徐春棠没有学过机械制图，他只能摸索着干。经过反复比较、筛选，最后，他绘制出一套容量为1.5立方米、装花三百公斤的铝制蒸汽直火蒸馏锅图纸，他到农场金属加工车间，找到几位和自己一起进疆的上海师父连续加班，很快就将蒸馏锅制造出来了。

在伊犁的日子里，徐春棠把自己的全部精力都放在了薰衣草的培育、种植、加工上，同时，他也赢得了人们的尊敬和社会的认可，1984年被新疆生产建设兵团授予劳动模范称号，同年成为中华全国青联会员和新疆青联常委。这时候，四师党委提出了任命徐春棠为六十五团副团长的议案，没想到徐春棠知道后，第一时间找到了师主要领导，委婉地谢绝了这一好意。因为，他心里明白，一旦当了行政领导，就意味着自己将要与心爱的薰衣草事业告别。

直到1986年春，完成了薰衣草从栽培到加工的全部课题，师党委再次下达将他调到四师农业局的任命，徐春棠才带着自己撰写的《薰衣草的栽培和加工》等技术资料离开了他生活和奋斗了二十多年的六十五团，把理想的种子撒向更广阔的田野，开始在四师大面积推广种植薰衣草。

随着薰衣草种植面积的不断扩大，生产加工精油成为当务之急。20世纪60年代末，徐春棠自行设计制造了一套一次可加工五十公斤薰衣草的蒸馏锅，到20世纪70年代末改进到一次性可加工三百公斤。迄今为止，伊犁加工薰衣草精油所用蒸馏锅都是在徐春棠设计的基础上不断改进而来的。

1984年9月，在全国薰衣草工作会议上，由徐春棠主要负责的《薰衣草引种栽培加工应用技术研究》课题通过鉴定。经专家鉴定，六十五团生产的薰衣草精油质量达到国际水平，完全能代替进口产品，为中国重要天然香料品种填补了一项空白。1985年，这一课题获自治区科技进步奖。

在四师农业局的档案室里，记者见到了十几盒关于薰衣草种植、管理、加工的档案。虽然随着岁月的流逝，这些纸张已经变得发黄，但却装订成册、整整齐齐。记者从中发现了徐春棠亲手设计制作的薰衣草精油加工机械图纸，参与制订《中国薰衣草精油国家标准》《中国椒样薄荷油国家标准》撰写《中国香料香精发展史》和《中国香料工业发展史》所参考的相关资料。可以毫不夸张地说，正是这些标准的制定，使中国薰衣草生产加工实现了与国际接轨。

作为一名科研人员，徐春棠一辈子都在做一件事，那就是薰衣草的育种、栽培、加工，并且圆满完成了从实践到理论的全过程，这种工匠精神，正是中国的薰衣草产业"星星之火"燎原辉煌的根基所在。他也因此当之无愧地被誉为"中国薰衣草之父"。

2004年春，徐春棠到了退休年龄，此时，兵团组织省级劳模赴深圳、广州、上海等地参观，正在便血的徐春棠没有给自己留点时间看病，而是借此机会了解香料的市场销售情况。回到伊犁，办了退休手续的徐春棠仍奔波在各团场的香料田里。2005年，退休后的徐春棠病逝于他的故乡上海。可是他创建的薰衣草王国，却越来越繁茂地灿烂于伊犁大地，像是为了告慰英雄的灵魂。

其实早在二十多年前的改革开放之初，就读过新疆作家罗荣典的一篇散文，篇名叫什么早就忘了，却一直记着故事里一对维吾尔青年为了保护薰衣草而饱受坎坷和磨难，最后终于顽强地挺过了人生的严寒，迎来了科技的春天。爱情瓜熟蒂落，薰衣草也安然无恙，焕发了勃勃生机，在伊犁大地上蔓延开来。在那个特定的年代，这故事虽然有着浓浓的政治味，还有些传奇的色彩，不免让人疑惑。但是从中可以看出，伊犁的科技工作者为了薰衣草付出了的心血经历的艰辛。

如今，四师的六十六团、六十九团、七十团、七十一团已拥有薰衣草和薄荷、留兰香、罗马甘菊等香料作物面积5.2万亩，由于生产规模和工艺的领先，六十五团被国家农业部命名为"中国薰衣草之乡"，六十九团被命名为"薄荷之都"，伊犁垦区成为名副其实的香料王国。我想，伊犁薰衣草之所以今天能香飘万里，正是和那些为了芳香事业奉献一生的科技人员的品质一样坚韧而执着，给人们带来美好和希望。

这就是薰衣草，只要你闻过她的花香，就终生难忘；只要你愿意等待，就会修成正果。祝福所有热爱和平和幸福的人们，让薰衣草的味道溢满你的心田，那么，你的生活就会弥漫着快乐而宁静的气息。

走下神坛的薰衣草

哲学家爱德华·谢弗在《唐代的外来文明》一书中曾经指出，几乎所有的香料都经历了一个从神坛走向世俗的过程。薰衣草也不例外。在20世纪90年代以前，由于物质生活水平的限制，解决温饱问题一直是国人面对的较现实的问题，所以对薰衣草这样神奇的东西，人们无暇顾及，这就导致了她的神秘化。而为了控制市场，保护自身利益，作为薰衣草主产地的几个团场也都制订了相应的规定，薰衣草的生产是作为一项机密工作开展的，不允许宣传，也不允许职工把薰衣草的枝条和种子外传，一旦发现，严惩不贷！企图以此来封闭薰衣草产能的扩大。现在看来，这是多么狭隘和幼稚的举动啊！但是这个举动确实曾经一度造成了薰衣草的黑色幽默，是薰衣草蒙上了一层神秘的色彩。每年生产的精油，到底到哪儿去了，做什么用了？这一点连辛勤的花农也不知道。其实正是某些领导的闭关自守使他们只能完成薰衣草产品的初级加工，大批的薰衣草精油被二道贩子以低廉的价格收购之后，转手就以高昂的价格卖到了国际市场牟取暴利，再被很多国际知名的化妆品公司买去作为生产原料，因此在国际市场人们一度把薰衣草精油称为"液体黄金"，可见其价格不菲。当时有谁能想象得到，羽西、香奈儿这些高贵典雅的国际品牌里跳跃着名不见经传的伊犁薰衣草的灵魂呢？这让我想起广告界一句很经典的语录：一个产品不做广告就好比黑夜里暗送秋波。这一切注定了薰衣草要经过一个沉寂的阶段，一个养在深闺无人识的尴尬。当然，因为薰衣草不同寻常的作用，也注定了她必将有横空出世、惊艳世界的一天。

  试想，有谁能阻止这个世界前进的脚步和美好事物发展的趋势呢？就在一些杞人忧天的领导想尽办法保密的时候，在农四师四个薰衣草种植团场附近的地方乡的农民开始偷偷摸摸地种植薰衣草。星星之火，尚可燎原，何况这生长在野外的大片大片的财富呢？如今，保守地估计，整个伊犁地区的薰衣草种植面积大概在近三万亩。我想，这应该是件好事。我曾经到过安徽亳州，那是曹操和华佗的故乡，直到今天，两个同一时期不同领域的英雄还在亳州城里各据一方，像是在争论着前世的恩怨。曹操也许永远不会想到，他杀了华佗，但是华佗的医术并没有被他毁灭，而是一代又一代地传了下来，并且不断发扬光大。因为有了这样深厚的历史渊源，亳州人不惜重金，大肆宣扬，开发中草药产业，终于将亳州建成了全国最大的中草药集散地，号称中国药都。整个亳州城，如同一个敞开的中草药市场。路边晒的，店里卖的，锅里煮的，全是中草药，那浓郁的药香味，让人一辈子都忘不了。就连我在酒店里点了一道让我亲切不已的新疆沙湾大盘鸡，也被亳州人改造成了离不开中草药的药膳。可见亳州人民是如何倾尽全力打造自己的药都品牌的。

好在历史也给了伊犁薰衣草走向世界、创造辉煌的舞台和机遇。从20世纪90年代末期开始，随着人们生活水平不断提高，消费升级成了一个世界性的课题。这时候，世界各大网站和报刊都开始频频出现薰衣草的身影，于是普通老百姓开始逐渐了解薰衣草，接近薰衣草，揭开了她的神秘面纱。世界的目光，也因此开始关注伊犁，关注这个在人们的物质生活极大丰富之后亟须填补空白的产品。

新疆兵团四师人抓着这个机遇，以时不我待的精神状态，敞开胸怀，招商引资，竭尽全力把薰衣草产业做大做强，争取使之真正成为能够代表新疆味道的特色产品，走向全国，走向世界。

让新疆味道芳香全世界

由于薰衣草的原因，如今的伊宁市已经由当初的白杨城、花城演变成了薰衣草城。你走在伊犁大地上，无论是一闪而过的国道旁，还是熙熙攘攘的城市里，矗立最多的广告牌，就是薰衣草的。还有鳞次栉比的薰衣草产品专卖店，什么伊帕尔汗、紫苏丽人、解忧公主、西域香源……一串串具有浓郁民族特色和地域特色的名字，让人们感受到新疆人是越来越重视品牌和文化的宣传和培育了。

这一切都说明伊犁人对薰衣草的研究和开发，已经达到了一个新的高度，一个理想的巅峰。

其实，早在薰衣草产业处于"机密"的年代，农四师的种植团场就开始了研发工作，六十五团还专门成立了薰衣草科研所，一家类似于企业的兵团团场去进行国家专门的科研机构才可能完成的课题研究，六十五团领导的魄力和胆识，让人不能不敬佩。随后其余几个团场也都成立了相应的机构，是伊犁薰衣草的生产和加工迎来了第一个春天，迅速摆脱了只能卖精油的原始阶段，产能有了一个很大的升级。

但是，各自为战的生产布局影响了薰衣草产业的发展步伐。而这时，已是20世纪90年代末，基本解决了温饱问题的中国人正面临着前所未有的消费升级渴望，人们对化妆品的理解已经走出了棒棒油和擦脸油的误区，化妆品市场空前繁荣和饥渴。伊犁的薰衣草产业，迎来了第二次大发展的春天。

2001年的6月，历史又把一个难得的机遇送到了四师人的面前。这一天，来新疆视察的党和国家领导人在从霍尔果斯口岸返回伊宁的途中，行至六十五团时，被薰衣草神奇的色彩和特殊的馨香所吸引，他好奇地走下车来到正在收获薰衣草的职工中间，当他了解到伊犁的薰衣草产量占到全国产量的百分之九十五以上时，非常高兴，对随队人员说："伊犁有这么好的资源，应很好开发，尽快发展，发挥品牌优势。"

面对国家领导人的鼓励和期待，面对巨大的市场空白，农四师的领导开始了新的思索。2005年，四师党委决定把种植薰衣草的四个团场整合到一起，结束伊犁薰衣草市场潘镇割据的时代。伊帕尔汗香料有限公司应运而生。这是美好传说和现实生活的又一次完美结合。

在中国历史上，说起香妃这个富有传奇色彩和美好遐思的名字，很多人都不陌生。传说乾隆中叶，清军入回疆，定边将军兆惠俘获一回部王妃，此女子天生丽质，更奇的是她身体会散发异香，人称伊帕尔汗（维语"香姑娘"）。乾隆帝对她大为倾心，执意纳之为妃，为讨其欢心，特在西宛建造一座宝月楼，供香妃居住，并常亲临探视，希其顺从。然而香妃性格刚烈，誓死不从，并身藏利刃，表示不屈决心，还时常因思念家乡凄然泪下。皇太后得知此事，召见香妃，问她："你不肯屈志，究竟作何打算？"香妃以"唯死而已"相答，太后说："那么今日就赐你一死。"香妃顿首拜谢，于是趁乾隆帝单独宿斋宫之际，命人将香妃缢死。香妃死后，乾隆帝悲伤不已，最后以妃礼将其棺椁送往故乡安葬。于是民间出现很多叙述香妃故事的戏曲说唱、小说诗歌，绘声绘色，凄婉动人。1914年故宫浴德堂展出一幅以《香妃戎装像》为题的清代女子戎装油画像，于是传说更甚。

伊帕尔汗，是维语香姑娘的意思。伊帕尔汗薰衣草，等待爱情的香姑娘，多么美丽的名字！自从诞生那天起，这个有着美好寓意的公司就开始了伊犁河谷这美丽事业的大整合、大发展。公司和上海香料研究所合作，很快开发出以薰衣草为主，以薄荷、罗马甘菊、玫瑰和迷迭香等为辅的香料产业。在不到两年的时间里，研发了"伊帕尔汗"薰衣草、薄荷、罗马甘菊等系列产品，产品涉及美容、香薰、保健、花草茶叶、家居饰品等诸多领域，达十五大系列上百个品种。

为了使伊犁的薰衣草产业实现可持续发展，2004年伊帕尔汗公司又将一百克精心培育的薰衣草种子搭乘我国第二十颗返回式科学与技术实验卫星进行太空育种，经过十八天的太空旅行，获得了四十二克优良的种子，并委托六十六团的技术人员进行繁育试验，目前所有种苗已全部出现了变异现象。该团还将通过继续大约四年的栽种观察，从花量、出油率、香气等进行选择，最终实现对品种的改良与优化的目的。

而在另一个领域，一群人也在进行着一项使薰衣草更大程度地造福人类的伟大工程。近几年，农四师科研人员将薰衣草药物研发作为一项重要科研课题加紧攻关，师医院康复科副主任、主管药师陈和平作为主要负责人，承担了师科技局下达的"薰衣草油治疗皮肤病研究与临床应用"课题的科研工作，根据薰衣草油具有抑制和杀灭细菌、真菌及病毒的药理作用，针对银屑病、黄褐斑和手足癣等皮肤科常见病、多发病，经过三年的潜心钻研，配制出"香醇酊""香黛膏"和"香芷膏"三种外用制剂用于临床，经过三千多例患者的临床应用，无任何毒副作用，取得了较好的治疗效果。该项目填补了自治区薰衣草油医药产品研制开发及临床应用的空白。该课题在农四师科技进步奖评比中获得二等奖，在2007年兵团科技进步奖评比中获得三等奖。

作为兵团科技进步奖评委之一的石河子药学院副院长、北京大学博士后郑秋生感慨地说："薰衣草药物研发课题在全国来说都是极少的，在自治区更是没有先例可参考，失败的可能性极大。这项工作应该由高等科研院校及科研单位来完成，农四师医院在信息、技术、设备落后和人才缺乏的情况下完成这样的科研项目实属不易。"

为了更加深入地进行薰衣草的药学研究，2007年，农四师医院又申报了师级课题"薰衣草'香芷膏''香醇酊'质量标准的制定及临床应用"和兵团科技攻关课题"薰衣草精油治疗烧烫伤现代制剂的研究"，目前这两项课题已获批准，进入实施阶段。随后，四师医院申报的国家级博士资金项目"薰衣草心脏保护作用物质基础研究"获得有关部门批准，正式实施运作。此项目是全兵团师级医院中首个国家级博士资金项目。

有人说，一流的企业做文化，二流的企业做品牌，三流的企业做管理。伊帕尔汗的老总陈智，就是一个实现了从管理到品牌到文化三级跳具有远见卓识的开拓者。2005年，伊帕尔汗公司成立之后，不仅在全国各大媒体亮出了自己的旗帜：伊帕尔汗，芳香全世界！而且请来了中国一流的电影制片厂，为伊犁的薰衣草拍宣传片，拍摄的内容，竟然是精美的电视散文！2006年，伊帕尔汗公司在网络和多家媒体上联合发起主办了伊帕尔汗杯全国摄影大赛，2008年，又和在全国乃至世界华人社会具有权威地位的《诗刊》联办全国伊帕尔汗杯爱情诗征文。这些文化活动，不仅仅是伊帕尔汗公司的销售，更为远大的意义是向世界传播了伊犁，传播了薰衣草的精神和美好。

可以说，是伊帕尔汗公司加速了薰衣草产品升级换代和走入寻常百姓家的速度。如今,伊帕尔汗公司在北京、上海、广州、重庆等大中城市设立了几十家专卖店,产品远销俄罗斯、哈萨克斯坦等国家。2005年,伊帕尔汗的专卖店又开到了美国纽约。在2005年乌洽会上,伊帕尔汗系列产品一举获得组委会银奖产品,同时获得了新疆兵团颁发的新产品开发奖,在2005年新疆国际旅游节上荣获金奖产品,并被新疆国际旅游节指定为新疆特色产品,成为新疆各级政府接待馈赠来宾的首选礼品。如今只要是到新疆的游客必买几件薰衣草产品带回去,似乎不买薰衣草产品就等于没到新疆,这几乎成了约定成俗的规矩。可见薰衣草新疆的地位和在消费者心目中的形象。

一个个因为薰衣草这一芳香事业而掘得市场第一桶金的故事极大地刺激了人们的想象力和创业的欲望。一个又一个来伊犁寻找商机的人们把薰衣草产业推向了极致。2008年,就出现了大批的外地客商提着现金来伊犁收购薰衣草精油却不得不空手而归的现象。为什么呢?因为在巨大的国际市场面前,伊犁的薰衣草产量显得是那样微不足道!我想,这下那些当初怕被别人抢了市场去的领导们该松一口气了:面对世界这个大市场,我们何愁自己的独家产品卖不掉呢?

可以说,是薰衣草使伊犁人看到了未来灿烂的前景。我就有一个朋友,因为薰衣草而出去闯天下。在得到了伊帕尔汗在内地一个小城市的代理权之后,踌躇满志地来和我们告别,我们自然要设宴饯行。席间,他说出了一个让大家都激动不已的创意:要把他即将前往的那个小城的洒水车里都兑上伊犁的薰衣草精油,然后随着洒水车的音乐声,整个小城都会沉浸在一种如梦如幻的香味里。我们不禁为这个创意拍案叫绝,甚至想象起小城人被这风情万种的新疆味道给熏得不知所措的样子。谁说不会呢？记得就有人说放养在薰衣草地边的蜂农产量比别处的同行产量要低许多，究其原因就是因为勤劳的蜜蜂进了薰衣草地，被这浓郁的芳香熏得晕头转向，连蜜都忘了采！

朋友大胆的创意和醇香的老酒让我们热血沸腾，一时间大家的思维都空前地活跃起来，你一言我一语，就此话题展开了极尽奢华的想象，在我们的描绘中，大家仿佛看到全国乃全世界的洒水车在同一天满载着薰衣草的芳香洒遍全城的情景，那场面是何等的壮观！这是我迄今为止听说的为推广薰衣草产品最淋漓尽致的一个想法了。我们为了这个大胆的设想得意起来，满桌子人都变得豪爽起来。结果是，朋友的创意后来到底实施没有不得而知，但是那天因为薰衣草的话题伊力老窖倒是多喝了不少，直到大家都不知所以为止。

前不久，中国各大媒体发布了一条新闻：我国专家在素有"人类天然基因库"之称的阿尔泰山山麓进行珍稀植物考察时，意外地发现了野生薰衣草。专家认定，这是我国首次发现的野生薰衣草。这说明薰衣草并不是完全的舶来品，或许，薰衣草的老家其实是我们新疆呢？

看到这则新闻的时候，我就在想，当我打起背包"驴行"伊犁，纵情山水的途中，一次又一次邂逅的那一穗穗不知名的紫色野花，会不会也是野生的薰衣草呢？不过现在这个问题似乎已经不很重要了，因为伊犁的薰衣草，已经走向了世界。这是不争的事实。

阿力玛里传奇

当成吉思汗的大军一路西征,金戈铁马的洪流席卷了沿途的村庄和生灵。狼烟滚滚,哀号声声,世界为之震颤。

鞍马的劳顿和残酷的杀戮使威猛的勇士为之疲惫,马头琴的悠扬也掩不住思乡的叹息。当战车越过果子沟,西征的队伍站在高高的山梁上,立即被满眼的绿色震撼了。微风吹过,一个个缀满枝头的红色果实随风摇曳,漫山遍野此起彼伏牛羊的叫声,像是在唱着家乡的歌谣。这温暖的景象,让钢铁一样冰冷的汉子们心中荡漾着一丝丝柔情。他们欢呼起来,高举的双手汇聚成一片欢乐的海洋。

君临天下的一代天骄也为之动容了。于是,他放下马鞭,暂时停下了征战的脚步。闻名于世的察合台国便由此诞生,历史悠久的苹果城也由此诞生。亚当和夏娃的故事一代代繁衍,在苹果的气息里,阿力玛里日渐繁荣起来。

可也是这繁荣给阿力玛里带来了灾难,血腥和暴力总是偷窥着舒适的乐园,谁都想把美好据为己有,贪婪和自私最终带来的是毁灭。一场场战争中,苹果乐园走向衰败,甚至消失。

直到六百多年后我的父辈们跟随着的红色的大旗从南泥湾

来到这里,阿力玛里又迎来了第二个春天。铸剑为犁,屯垦戍边,这是一个时代的强音,这是一个历史的记忆。

没有炫耀当年的赫赫战功,没有埋怨现实的艰难困苦。有的,只是笑对人生的乐观;有的,只是战天斗地的信念;有的,只是忠于祖国的赤诚。放下钢枪的战士们又成为开荒造田的主力军,十字镐坎土曼挖开了封冻的大地,烧荒的篝火映红了黝黑的脸庞。卧冰爬雪,风餐露宿,天当被地当床干打垒是最好的客房。这是何等的英雄气概啊!让我们记住吧,是我们的父亲母亲,用青春和生命写下了阿力玛里的辉煌!

沧海桑田,斗转星移,六十年弹指一挥间。如今的阿力玛里,四季总有不同的风景令人流连。春天,这里是花的海洋,杏花桃花苹果花次第开放;夏天,这里是甜蜜的世界,红艳艳的桃、黄澄澄的杏、玛瑙般的葡萄各领风骚;秋天,这里是硕果累累的画卷,每一个枝头都挂满了沉甸甸的希望;冬天,这里是学习的课堂,新科技和练兵场碰撞出智慧的火花。

又有谁能想到,就连昔日光秃秃的呼尔赛旱田,也焕发出无限的生机。镇江援建的沉沙池引来了清澈的天山雪水,万亩树上干杏元染绿了人们的心田。阿力玛里人的生活从此改变。艾尔肯大哥放下了牧鞭,精心管理着一棵棵长满希望的幼苗。阿娜尔古丽走出了毡房,在环境整洁的工厂中创造着甜蜜的生活,被贫穷困扰多年的吐鲁汗大叔啊,脸上也露出了幸福的笑容。专卖店、大超市、淘宝网,现代的物流连接五洲,神奇的仙果走向世界。一天天过去了,家乡的特产越来越有名,天伊的产品越来越畅销,人们的生活越来越幸福。

当我们一次次流连于这有着悠久历史的苹果古城,当我们一次次品尝着这有着天然品质的甜美果实，不禁徜徉于历史和现实之间。团史陈列馆里，那一块块金灿灿的奖牌，仿佛在述说着阿力玛里的昨天、今天和明天。

踏雪寻故居

一直梦想着有朝一日能回到儿时的故园,重温那些陪伴了自己三十多年的琐碎记忆。可是人在江湖身不由己,由于一些林林总总的原因,这个愿望总是一而再再而三地被搁置下来了。

其实故园离我现在生活工作的城市并不远,开车去也就是吃顿饭的工夫。

想想人生真的是很神奇,三十八年前,父母把牙牙学语的我从很远的地方带到了这里,后来由于历史的原因,我们举家搬迁,这里只剩下一堆废墟和我永远也无法带走的记忆。

谁能想到,二十多年后,我像一个长硬了翅膀的小鸟,离开的父母的身边,飞向自己的天空。而我这时候惊喜地发现,我魂牵梦绕的故园,就近在咫尺。于是抽空回去看看就成了我的一个愿望,因为老是不能成行,继而就成了一个心病。

这是一个雪后的清晨,我正在睡梦中神游故里,枕边的手机突然响了,迷迷糊糊抓过来,"驴友冲锋号"的声音恍若天籁:"你不是一直想去探寻你的老家吗,今天如何?"

我一下子清醒过来,迅速地钻出被窝,手忙脚乱地收拾我的户外行头。因为多日不出行,很有些"刀枪入库,马放南山"

的感觉，准备起来颇有些吃力。

没想到驴友们来得倒是飞快，我还没整理妥帖，电话就频频响起。在一次次的催促声里，我匆匆忙忙扒拉了几口剩饭，就朝楼下冲去，冲锋号、将军、懒猫、素素、笛子等人已分乘两辆车等候多时了。

我的老家，就在距伊宁市不远的一个山沟沟里，由于当年原始的采掘破坏了矿脉，那个曾经热闹一时的矿区早已废弃，成为一段遗落在山间的历史和记忆。

对于一个当年离开时还流着鼻涕的孩童，能否在三十年后准确地找到自己的故居，驴友们大多数表示怀疑。可是当我们在一座并不高大的山脚下停下车来，看到我严肃而肯定的表情时，大家的疑惑一扫而光。虽然厚厚的积雪掩盖了一切，可是我似乎看到山坡上当年被我们踩出的羊肠小道，山脚下那个废弃的井口，似乎欲言又止，满腹的心里话无从说起。一家哈萨克牧民，满脸疑惑地打量着我们这些不速之客。

就从这儿上山！我毫不犹豫地一挥手，大家便跟着我鱼贯而上。上了小山坡，眼前豁然开朗起来，一眼望去，就见一马平川的原野上东一处西一处，散落着很多当年老屋的遗迹，在凛冽的风中，显得格外沧桑。

就是那儿！我的声音不由得颤抖起来。

嗨，野马的故乡，我们来了！（注：普氏野马是俺的"驴名"）"驴友"们欢呼起来，顺着我的手指狂奔而去。寂静而空旷的雪原上，很快便留下了一溜足迹。

可是这种热情很快就被茫茫雪野给吞噬了。雪很厚，踏上去深一脚浅一脚的，很是吃力。行进的速度自然慢了下来，可是大家依然兴致勃勃，中途休息的片刻，素素和懒猫竟然玩起了恶作剧，把满头大汗的冲锋号扬了一身雪，其余的人受到感染，也尖叫着加入了"战斗"。一时间，满山都是我们的欢呼声，洁白的雪沙钻进衣领，顷刻间就化为冰水，真是一场绝妙的"冷雪浴"。

经过两个小时的艰难跋涉，我们终于走近了那一片废墟。雪野里，阳光下，那一座座没了屋顶，只剩下半截子残垣断壁的老屋，依旧倔强地在荒野里站着，在洁白无垠的雪地里显得那样宁静，那样执着，似乎一直在翘首等待着我们的到来。

这就是我魂牵梦绕的故乡吗？当我真的面对这一座座经历了三十年风霜雨雪的干打垒时，我的大脑突然间一片空白。我只是贪婪地一遍又一遍盯着那一堵堵土墙，从头到脚，从上到下，怎么也看不够。这些历尽风雨的墙体比我想象的要高大许多，皑皑白雪中，那一道道斑驳的墙皮，就像一个沧桑老人的一道道皱纹，每一个沟壑都埋藏着数不清的故事。

就这样静静地伫立着，和老屋对视着。恍惚间，那些逝去的往事活蹦乱跳地浮现在我的眼前，我似乎看见自己迈着蹒跚的脚步从一间屋到另一间屋，似乎看见我受了委屈跑进屋里号啕大哭的情景，似乎每一个角落，还残存着我们的气息。还有我的父母，含辛茹苦地经营着这个曾经如此简陋的家，把子女一个个拉扯大，自己却老得如同这一节节干打垒，被生活榨干了养分，被岁月风干了青春，只剩下了风烛残年，顽强地守望着人生，守望着自己的子孙。

一个个当年的生活片段，像一部亲切的老电影，温暖着我的心灵，使我忘却了寒冷，忘却了耳边呼呼的北风。而内心深处涌起一股热流,却从我的眼里流出,顺着我的脸颊滑落。从山坡上吹来的风,裹挟着我的热泪向另一个山坡跑去,经过那些还零零星星散落在四周的老墙圈子。我想,这是我用无声的语言在向故乡表达我的敬意。

谁能说这一堵堵老墙没有生命呢?其实从它诞生那天起,从我的父辈们用汗水和着期望一锤一锤夯筑它的时候,它就已经融入了一代军垦人的情感和思想。如今,当年的缔造者已垂垂老矣,而黄发小儿长成了栋梁,只有这一堵堵历经风雨的老墙,依旧是当年的模样。毋庸置疑,也许多少年后,我的子孙前来拜谒时,它们一样还是这样顽强地挺立着。我想,即使不能永恒,这一堵堵墙的生命也要比我们中的任何一个要久远得多。那么,这些承载着一代兵团精神的老墙又是历史的见证。

也许是我的情绪感染了大家,"驴友"们出现了片刻的肃穆。最后还是"冲锋号"提醒了大家:来,我们在"野马"的故居前合个影吧,相信不久的将来,这些照片会载入史册哦!

于是在我的镜头里,定格了一张张真诚的脸庞,以及一张张老屋的特写。

就要离去了,我们沿着来路,在雪野里尽情地撒欢。回首,那一座座干打垒的老土墙,依旧是那样顽强,那样孤单地站在山坡上。那一溜延伸在雪野里的脚印,格外地忧伤。

其实每个人都是有根的,无论走出多远,永远走不出的,是故乡的记忆。

友谊地久天长，真情永远不老

——六十一团中学九一届高中毕业班二十年聚会纪念册前言

尊敬的老师、亲爱的同学们，当你们打开这本纪念册的时候，一定会百感交集，思绪万千，短暂的相聚之后，我们又挥泪而别，各奔东西。可是，有谁能够忘记，那些难以忘却的记忆，那些弥足珍贵的友情。那一张张仿佛依旧年轻的笑脸，是我们永远定格在心底的热爱，是我们永远难以割舍的情怀。

七月盛夏，瓜果飘香，我们的故乡——苹果之城阿力玛里处处洋溢着欢乐祥和的气氛。

公元 2011 年 7 月 16 日，是值得我们铭记一生的日子，这一天。我们九一届高中毕业班的五十多名师生走过了二十年的风雨，又回到了魂牵梦绕的母校。

面对一张张熟悉而真诚的脸庞，我不禁心潮澎湃，思绪万千：过去，我们的父辈为了新疆的稳定和兵团的屯垦戍边伟业从五湖四海来到了六十一团；继而，我们满怀着憧憬和父母的期望从这里走向天南海北；今天，我们又怀着对同学和故乡的思念回到了曾经学习生活过的地方。

光阴如梭，青春不再。一转眼，岁月的脚步就走过了二十个年头。往事，似乎就在昨天向我们招手。我想，无论是远离家乡的游子，还是坚守在故土的同学，都满怀着同样美好的心愿，都珍藏同样美好的记忆，都一样热爱着我们的家乡，都渴望着这场期盼已久的相聚！

二十年弹指一挥间，回首当年，正如田汉的《毕业歌》所唱：我们今天是桃李芬芳，明天是社会的栋梁。经过二十年的人生磨砺，有的同学步入了科学殿堂，大业有成；有的同学著书立说，声名远播；有的同学走上了仕途，成绩卓著；有的同学涉足商海，收获颇丰。但是更多的同学，在平凡的岗位，默默无闻地工作着、生活着、拼搏着、奉献着。无论如何，我们都应该为自己，为同学喝彩，因为我们永远是一个团结友爱的集体！

值得欣慰的是，虽然二十年来很多同学天各一方，甚至失去了联系，但是经过风霜雪雨的考验与沧桑岁月的磨砺，我们更加深刻地体会到，同学的感情是最纯真的，同学的情谊是最浓厚的，同学的思念是最真挚的！二十年之后我们能欢聚一堂，就是最好的证明。在这里，无论官居要职，还是普通百姓，无论富甲一方，还是清贫如洗，我们都只有一个身份：那就是六十一团中学九一届高中毕业班同学。

古语说"四十而不惑"，今天的我们，或已踏进四十岁的门槛，或正迈向四十岁的年轮。经历了岁月沧桑，体验了人生百味，已经从当年的青涩走向成熟，二十年后再相会，相信每一个人都会有所感悟。我想，无论生活馈赠给我们的是香醇的美酒，还是苦涩的记忆，我们都应该从容面对，应该有古人"闲看庭前花开花落，漫随天外云卷云舒"的那份淡定，因为我们还有憧憬，因为我们还有未来！幸福是什么，幸福不是拥有，而是追求；幸福不是结果，而是过程。

三天时间虽然短暂，但是给我们留下的记忆，将是难忘的，永恒的！在这里我们大家像二十年前一样，返璞归真，无拘无束，一起找回少年的记忆，共同度过欢乐的时光。

虽然，因为种种原因，有些同学无法回到故乡参加我们的二十年聚会，留下了一些小小的遗憾。但是请相信，我们的同学情，会因为时空的距离愈发显得醇香和浓烈。二十年聚会不是结束，而是开始，是我们从新的起点走向更加美好的明天的开端！

在未来的日子里，每一天都会充满着牵挂和祝福，每一天都会写满开心和憧憬。因为，我们还有二十一年、二十二年、二十三年……

友谊地久天长，真情永远不老。只要心中有爱，我们的约定，将会延续一生一世，让我们共同祝福，为了下一次相聚，珍惜每一天！

第二辑 浓浓的亲情

我的军垦父亲

2006年4月5日凌晨1点45分,我正和朋友们在一个练歌房狂欢,这时候我的手机毫无先兆地响了起来,一看号码,是珍藏在心中,永远温暖着我的那一串数字。这么晚了,父母来电话,一定是有什么重要的事情,我的心里隐隐滑过一丝不安,迅速走出包间接通了电话。

"你爸爸的情况不太好,你能不能回来一下?"听到母亲颤抖的声音,我的心一下子从欢快的卡拉OK中跌落到黑暗的冰窖里。从我语无伦次的简单诉说中朋友们感受到了我的心情,来不及过多的安慰和告别,我已挥手拦下一辆的士,立即从伊宁市向八十六公里外的六十一团赶去。

母亲的脾气我是知道的,不到万不得已,是绝不会给我打电话的。记得那一年参加老干局组织的旅游,由于过于劳累和炎热,父亲旧病复发不能随大部队同行,母亲一直陪着父亲在杭州疗养院熬了一星期,最后见实在没有一点转机,母亲才给我打了电话。我当即扔下手中的工作,请假赶往杭州,陪着父亲做完了手术,直到病愈出院,一起回到新疆。

想到这些,父亲慈祥的面孔不断地闪现在我的眼前。由于在家我是老小，所以跟父亲的感情也格外深。父亲的严厉，父亲的沉默，父亲的倔强，父亲的勤劳，无不让我感到父亲人格的伟大。在我的记忆深处，永远铭刻着父亲每天早早起床给一家人做饭、被炉火照亮的脸庞和那双因过度劳作而满是裂口的粗糙大手。由于长期的过度操劳，到了这个年龄，父亲得了一身病，什么肺心病、肺气肿、肺结核、支气管炎、冠心病等等几乎所有的老年病父亲都有，经常折磨得父亲夜不能寐。

想到这次不知父亲又是怎样忍受着病痛的折磨等我回家，我的泪水就忍不住往下直流。司机看着我的神情，也猜出了大概，一言不发地加大了油门。

到六十一团医院的时候，已经是凌晨三点多了，这平时要跑两个多小时的路程，不到一个半小时就跑到了。

进了病房，我的心刷的一下就收紧了。只见母亲和哥哥嫂嫂姐姐夫们都站在床前，父亲的鼻子里插着氧气管，只有进的气没有了出的气，脸憋得通红急促地喘息着。看到我进屋，父亲的眼里露出一丝惊喜，嘴里嗫嚅着想说什么，我的眼睛一下子红了，强忍着泪水，上前跪在父亲的床头，紧紧握住父亲粗大而干枯的手说："爸爸，我回来了！你不要说话，我知道你会好的，你一定要坚持住好吗？"

父亲听见了我的声音，微微点了点头，用留恋的眼光静静地注视着我。我紧紧地握着父亲的手，泪流满面。父子俩就这样无声交流着心中的牵挂。不一会，奇迹发生了，我感觉父亲的手渐渐有了力气，呼吸竟然渐渐平稳起来，脸色也逐渐恢复了正常。医生为父亲诊查后惊喜地说，真是一个奇迹，你父亲已经度过了危险期！

随后的几年里，每到春天，最让全家人揪心的就是父亲的身体，因为每到这时候父亲都要因为旧病复发而住院，而且病情来势汹汹，往往一住进去就是报病危，实施紧急抢救，直到在大家的共同努力下转危为安。这使父亲吃尽了苦头，可是他却一直默默承受着、坚持着。每当看到父亲吃力地喘息和痛苦的表情，我都忍不住泪如雨下。敬爱的父亲啊，你经受的苦难已经足够，为什么老天还要如此折磨你！

没有想到会是以这种方式向大家说起父亲，也许是因为在我的心里，始终无法忘却父亲一生中饱受的磨难吧。好在老天有眼，已过耄耋之年的父亲在全家人的呵护、尤其是在母亲的精心照顾下，又慢慢恢复了元气。我想，这是我们做子女的福气。

"做行动的巨人，语言的矮子"，这样深奥的道理父亲是注定说不出来的，但是父亲却用一生践行着这个做人的原则。在我的记忆里，父亲是坚强的，但是父亲的内心深处，是那样的柔软，充满着博大而深厚的爱。父亲是个沉默寡言的人，一生中做得最多的，就是默默地奉献，为伟大的屯垦戍边事业，也为我们这个平凡的家庭。

父亲是在新中国成立前夕骑马进新疆的解放大军中的一员，是新疆解放和建设的亲历者与见证者。父亲出生于四川有名的红色老区万源市，这儿曾经出过不少革命先烈。在那个苦难深重的年代，父亲出世不久就失去了双亲，是叔叔婶婶把他抚养大。由于家境贫寒，父亲几乎是吃百家饭长大的。更为不幸的是，尚未成年的父亲未能躲过国民党部队抓壮丁的厄运，小小年纪就远离了亲人，颠沛于战火之中。

新中国成立前夕，父亲所在的部队在陶峙岳将军的带领下和平起义，父亲才脱离苦海。为了捍卫新疆的和平成果，父亲所在的部队开始了坚苦卓绝的剿匪行动，跑遍了整个新疆，直到战火平息，社会稳定。接着十万解放大军就地转业，铸剑为犁，屯垦戍边。父亲这一代经历了南征北战的共和国骑兵们毫无怨言地用战马拉着犁铧，开始了垦荒原、事农桑的生涯。只不过，他们一直没有放下手中的枪，时时刻刻提高警惕，随时准备为了祖国的稳定和统一跨上战马捍卫和平。

在我幼小的记忆里，最恐怖的莫过于矿井上传来的警报声。每当这个时候，就能听见整个矿区如临大敌、慌乱奔跑的脚步和撕心裂肺的哭叫声，我们也慌不择路地跟着这些慌乱的声音追到井口，就见一个又一个满脸黝黑像面条一样瘫软的汉子们被架了上来。女人们手忙脚乱地冲上去找到自己家的男人，拿着醋瓶子捏着嘴巴狂灌（据说这样能解除煤气中毒）。不一会便有人惊喜地叫道"好了，好了！"随后有男人醒过来的呻吟声。但是也有灌了半天却再也没有反应的，于是就听到女人拖长了调子的哭天喊地，接着必定是一群大小不一高高低低的孩子的抽泣。我们便在这到处是满满的醋酸味的哭声里惊慌失措，因为我们明白，这种危险随时也会降临到我们的头上。好在父亲总是一次又一次化险为夷，醒来的第一句话往往是：哭啥啊，我还没有死呢！母亲和我们便止住了哭声。而父亲，又拖着虚弱的身体加入到抢救矿友的队伍中去了。

后来才知道，当年我的父亲是受命于危难之中，其实也是为了我们一家老小能吃口饱饭。原来当时我的母亲为了响应毛主席老人家的号召，已经由光荣的兵团战士转变为持家的高手，按兵团的行话叫家属。可是无论母亲怎样精打细算，也无法用父亲一人的工资填饱我们八张嗷嗷待哺的嘴。所以团场领导让父亲选择去向时，父亲便选择了没人愿去的劳改煤矿。当然，父亲是去当矿长，因为父亲是老革命，所以父亲有优先选择的权利。本来父亲还有更好的单位在等着他，可是父亲却选择了这个最荒凉最艰苦的地方。因为到了煤矿母亲也能重新上岗，家里就能多一份收入。

党的十一届三中全会过后，很多被下放到煤矿改造的人们得到了平反，煤矿也随之解体，父亲终于带着我们完整地回到了阿力玛里，和曾经一起在矿井下生死与共的矿友们一起在一片戈壁滩上重建家园。很快连队建起来了，荒凉的戈壁滩渐渐焕发了生机，被一片片绿色所覆盖。父亲虽然是连队的领导，可是一样不能做"甩手掌柜"，也和职工一起下地劳作。那个年代，会特别多，在收工之后，连队领导常常还要通宵达旦地开会，这时候我往往是在父亲的膝头上听着大人们的争论，也亲历了父亲一次次把诸如涨工资之类的好机会让给别人的场面。所以很小的时候，我对父亲就充满了发自内心的尊重和崇敬之情。

由于我是家里的老小，所以父亲很疼爱我。但是当我犯了错误时，父亲的严厉让我刻骨铭心。记得有一次，年幼无知的我用小刀把一棵小白杨的皮剥得精光，父亲知道后暴跳如雷，硬是把我绑在小树旁用军用皮带抽打得鬼哭狼嚎。当母亲闻讯把我从父亲的皮带下抢救出来时，我已经哭哑了嗓子。虽然事后母亲用当时特有的术语抹着眼泪骂父亲是"军阀作风"，可是于我的累累伤痕，却是无济于事。这一顿皮肉之苦，使我懂得了爱护公物，再也没有破坏过连队的一草一木。

父亲的倔强，也是很有名的。新中国成立初期，父亲曾经给部队首长驾过一阵马车，后来随着生产生活条件逐渐好转，很多马车手都被派去学习驾驶技术，成了专职的驾驶员，最后和首长一起进了城。父亲却说自己没有文化，谢绝了首长的安排，平静地扎根伊犁，垦荒造田，无怨无悔。

政治运动是那个年代的一大特征，每逢团里的领导下连队视察，召开全连职工大会的时候，围在首长身边的人群里，往往见不到父亲的身影。仔细寻找，才能在最不起眼的角落里找到父亲。母亲常常为此埋怨父亲太古板，不知道和上级领导联络感情。这时候父亲总是脖子一扬，瞪着眼睛说，我又不会溜沟子拍马屁，跟在人家屁股后面干啥！也许正是由于父亲的古板，造成了他一辈子的平淡。在他的履历里可以看到，从1953年当副连职干部到1983年离休，整整三十年，他的级别始终在这个位置上没有得到升迁，即使是他主持一个连队全盘工作的时候。因为铁面无私，不懂得回旋，"老倔头"这个大号伴着父亲走过了大半生，可是我的心里，却因此更加敬重父亲的人格。

父亲离休后闲不住，就买了一头鹿回来养着。记得有一年该收鹿茸了，往年来家里收购产品的国营加工厂的业务员却迟迟没有上门联系，倒是一些二道贩子走马灯似的围着我家转，而且出的价格一个比一个高。父亲始终不为所动，最后实在等不及了，竟然自己骑着自行车赶到三十多公里外的清水河，然后再搭车去八十多公里外的伊宁市，请来了国营加工厂的收购员。当时父亲的行为遭到了很多人的讥笑，那些出高价而未果的二道贩子更是百般不解。可是父亲却觉得自己放下了心头的一块大石头，那晚踏踏实实睡了一个好觉。

现在看来父亲的思想是有些僵化，但是想想那个特殊的时代，一切思想和观念都处于转型期，对父亲的举动也就能够理解了。由此也深深地感到，父亲对党和国家的感情是多么质朴和执着啊！这一点，不正是我们这一代人所缺乏的吗？

一转眼，父亲离休二十多年了，随着国家的强盛，每一个公民都在以不同的方式分享着改革开放的成果。这期间，父亲的工资涨了又涨，现在已经享受到副团职的待遇了。最重要的是，经过一次次磨难，耄耋之年的父亲和母亲依然健在，享受着四世同堂的天伦之乐。

于是每当一家老小欢聚一堂的时候，父亲总是会语重心长地嘱咐我们：今天的好日子来之不易，你们一定要记住党的恩情，好好工作，用优异的成绩来回报国家啊！

我想，父亲这一代人，是最有资格这样说的，因为，他们是历史的缔造者，也是历史的见证者。

父亲，我欠您十年

不管我愿不愿意面对，父亲的离去已经成为无可回避的事实。这几个月以来，父亲的面容总是时不时出现在我的脑海里。尤其是回家看望母亲的时候，总是恍惚看见父亲还是坐在门对面的那个沙发上，微笑着对我点点头："章平回来了？"

每当这个时候，我心中的内疚之情更甚。因为在我的心里，一直有一个愿望，就是好好照顾父母，让二老成为百岁老人，分享儿孙成长的幸福。可是，如今父亲却走了，享年八十九岁。虽然这也是一个让人们羡慕的长寿高龄，但是作为儿子，我却不能释怀，因为仔细想来，父亲的离去，是和我们这些做子女的忙碌和粗心有着一定的关系。

作为一名共和国的老兵，父亲是第一代进疆的军垦战士。从战争的硝烟走向垦荒的篝火，父亲从无怨言，始终默默奉献着。这也是父亲这一代人的共同品格，值得我们永远铭记和发扬光大。

由于年轻时艰苦的生活，给父亲的晚年带来了不少病痛，断断续续做了几次大手术。新世纪之初，父亲由于感冒引起肺部感染几次报病危，最后都战胜了死神，转危为安。在母亲的精心照顾下，2006年以后父亲的健康状况逐渐稳定，连续几年没有出现感冒症状，我们的心也渐渐放了下来。

转眼到了2013年，父亲出现了小便困难，总是尿不尽的毛病。母亲说了几次去住院之类的话，父亲总是不情愿，想想1999年陪父亲在陕西宝鸡做过一次前列腺手术，我想也不会有大问题，就把住院的事放下来了。姐姐去医院买回了三金片和金水宝胶囊，父亲吃了以后症状有所减轻，但是问题没有得到根本解决。每次回家，母亲总是唠唠叨叨，说父亲的小便臭味大，裤子老是洗不干净。这时候父亲总是静静地坐在旁边，偶尔冲我们笑一笑，也不和母亲争辩。到了2014年的5月，母亲想想心里不踏实，趁我回家的时候说，还是让你爸去师医院住院看看吧？

当主治医生听我说父亲这一年多来痰多，而且痰的颜色是青色的时候，肯定地告诉我，老人一定有胸腔积水，需要尽快做排除积水治疗的时候，我的心里一下子充满了悔恨，因为我知道胸腔积水对身体健康有多大的危害。更让我心里惭愧的是，去做检查的时候，遇到父亲的一位老上级，对方的儿子告诉我说，父亲年纪大了，每年春天都要来医院住一段时间，发现问题便于早治疗。想想由于我的疏忽父亲多受了一年多的病痛折磨，心里有着说不出的难受。我们这些做子女的，平日里总是以工作忙给自己找理由，多少次忽略了父母的健康啊！难道非要等到"子欲养而亲不待"的时候才知道后悔吗？所以我想提醒家有二老的朋友们，父母的健康一点马虎不得，"讳疾忌医"的行为更不可取。多些关心和细心，能给父母减少病痛，父母长寿也是我们做儿女的福分。

在团里父亲和母亲一直单独住着。我不放心，让哥嫂搬过去和他们一起住，母亲却不同意。好在二姐和父母就住楼对楼，可以随时回去照料二老，我也就不再坚持。但是现在想想，还是感到自己的失责，不能陪在父母身边让他们安度晚年是多么的遗憾而又无奈啊！

虽然尽心尽力，毕竟母亲也是八十多岁的老人了，对日常生活的饮食就有些马虎。每次当我回家做好了饭，看到父亲吃得那么香甜，我的心里既高兴又难过。这一次，我只有尽最大努力去弥补自己的遗憾。母亲以前老说父亲不爱喝水，不爱吃水果，但是当我买来樱桃和草莓的时候，父亲总是能吃很多。每次饭后，我端上泡好的茶，父亲也总是在我的注视下大口大口地喝着。这时候母亲会嗔怪父亲：你就会欺负人，你儿子做的啥都好吃！父亲还是淡淡一笑，不置可否。其实我知道母亲是节俭惯了，舍不得花钱去消费她认为是奢侈的生活。可是每当我们有了难处急需钱的时候，母亲总是毫不犹豫地拿出家里的积蓄，几千几万，毫不心疼。想想这些，我们做儿女的还能说什么呢？为了圆母亲善意的谎言，我只有提醒自己每次回家的时候多买些父母爱吃的零食。

父亲住院期间，由于二姐远在乌鲁木齐照顾外孙，不能赶回来，几个哥哥地里正忙，也不能来伊宁市守在父亲的病床边，照顾父亲的重任就压在了大姐、三姐和四姐的肩上。好在几个姐姐都已退休在家，父亲住院期间便轮流来照顾父亲。本来考虑到大姐也六十多岁了，我们都说不让她参与照顾父亲，可是她说自己工作早，这么多年没有机会尽孝，这次无论如何都要尽自己的一份力，每天早早就提着早饭来到了病房。

我每天要做的就是上午把母亲送到病房，下午再接回家。这段时间生活节奏很紧张，但是由于父亲住院，我们这一大家子能聚在一起，也更感亲情的可贵。有一天中午下班我去病房的时候，三姐开心地对我说，刚才我发觉爸爸笑起来可甜了，像个小孩子。我想是啊，父亲一生简单，与世无争，所以到了耄耋之年才会更显童真。如今父亲的笑容总是不时地从我的而心底涌现，让我在思念父亲的同时，感受到浓浓的暖意。

　　经过十多天的治疗，父亲的胸腔积液基本吸收，我把他和母亲送回了团里。之后一段时间里，无论我回家探望还是电话问候，母亲总是充满喜悦地告诉我，你爸爸越来越好了，可以甩掉拐杖自己去卫生间了！我的心里稍感安慰。

　　可是没想到2014年6月20日我打电话回去，母亲用略感不安的语气告诉我，爸爸的右手有些麻木，拿不住筷子了。过了两天又说右腿也不太灵便了。想起出院时医生一再叮嘱，父亲年纪大了要预防钾流失，我便赶紧上网百度，感觉有些像缺钾的症状，便立即自作主张买了氯化钾针剂带回去给父亲喂食。到了周末，我赶紧赶回六十一团，这时候父亲精神尚可，躺在沙发上不停地活动着左腿，同时用左手握着右手做屈伸运动。母亲担心地对我说，以前病了从来不愿意去医院，可是这次你爸爸却对我说，自己千万不能瘫痪了，要去医院住院。我听了鼻子一酸，泪水忍不住流了下来。

　　这时候更让我心疼的是，我突然发现父亲的手背上并排贴着两个创可贴，我撕开一看，一块比铜钱还大的伤痕裸露出来，皮肉分离，触目惊心。一问，才知道前几天傍晚的时候，二姐和姐夫知道父亲行动不便，说是来把父亲扶上床，安顿好了再去广场散步。可是一向好强的母亲不愿给他们添麻烦，谢绝了二人的好意。结果可想而知，八十多岁的母亲怎能把半身麻木的父亲从轮椅搀扶到床上去！于是父亲从轮椅跌到了地板上，在母亲的帮助下不停地挣扎，硬是折腾了半个多小时也无法从地上站起来，母亲万般无奈才打电话从连队叫来了哥哥把父亲扶上床。这时候父亲的手背已经在卧室门上的铁拉手上碰得血肉模糊。一向粗心的三哥没当回事，母亲也不知道利害关系，只是找来两只创可贴给父亲草草包扎了一下。看着父亲即将溃烂化脓的伤口，我真是不知道该说什么好。

我赶紧和二哥一起用轮椅推着父亲来到团医院。当医生给父亲消毒并清理创面的时候，父亲疼得直发抖，可是却一声不吭，这时候我的心里只有自责。星期天回到伊犁后我还是不放心，又给一位医生朋友打了个电话。没想到对方一听我所说的症状，立即告诉我，可能我的判断是错误的，父亲八成有可能是血管中斑块脱落，也就是脑梗的症状。一听这话我觉得自己一下子掉进了冰窟窿，心里凉飕飕的。

7月1号，二哥给我打电话说，星期一推着父亲一到医院医生就要求立即住院。我立即给团医院的主治医生打了电话，他说，看情况基本能断定父亲是脑梗，要进一步检查确认。我一听，一下子懵住了，为自己的主观臆断耽误了父亲的病情悔恨不已。想到几个哥哥和姐姐都在父亲身边，我打算周末回去陪陪父亲。没想到才过了一天，傍晚的时候姐姐打电话说，父亲的情况不太好，你还是回来看看吧。我赶紧找来朋友的车，连夜往回赶。到医院的时候已经是晚上十一点多了，母亲和几个哥哥姐姐们都守在病房，见到我回来，父亲依然和往常一样，冲我点点头，只是他微弱的声音我已经无法听清，但是我知道，父亲一定是在说"章平回来了？"我的眼睛红了，握着父亲的手，安慰父亲说，爸爸，没事，你过几天就能回家了。爸爸冲我点点头，静静地注视着我。

医生是我的老朋友，曾经几次去家里抢救过父亲，对父亲的病情非常清楚。他说，下午你爸爸呼吸很困难，吸了氧之后好多了，现在看已经基本平稳，暂时熬过了危险期。他对父亲从2006年第一次报病危后能坚持到现在很惊奇，说父亲是的生命力和耐受力是很强的。我想，其实这里面少不了母亲的功劳，是她的照顾和陪伴使父亲多了些战胜病魔的信心。我不禁默默祈祷，但愿这一次父亲也能化险为夷，渡过难关。

因为同病房的病人都回家了，这一夜我和二哥、母亲都住在病房陪着父亲。由于连着天都没有睡好觉，父亲很疲惫，整个晚上睡得都很香甜，我们的心也渐渐平静下来。第二天一大早，父亲吃了一大碗稀饭，精神状态明显好转。唯一让人担忧的是，父亲的整个身体都不能动弹了。一辈子不爱言语的父亲，这时候却总是想和我们说话，不厌其烦地询问每个子女的情况。听着父亲艰难的发音，我们只能猜测着回答他。二哥变得比任何时候都细致，他一遍一遍地为父亲揉搓着小腿的肌肉，不时地为父亲侧身，以便让他躺得舒服些。

晚饭的时候，父亲胃口不错，看着他一口一口吃着我喂下的揪面片，我心里略感欣慰。可是就在这时候，父亲却突然咳嗽起来，用舌头往外顶着什么。我一下子反应过来，一定是父亲的假牙掉了，呛着他了。我赶紧从父亲嘴里掏出假牙，不停地为他拍打背部，希望能减轻他的痛苦。可是父亲却再也吃不下一口饭，呼吸也困难起来。我连忙给他戴上吸氧器，看着父亲呼吸渐渐匀称些，心里却无法放松。因为在师医院出院时，主治医生专门交代过，父亲的身体状况已经很差了，以后要注意无论是喝水还是吃饭都要小心千万不能呛着了，否则随时会有生命危险。我当时叮嘱母亲的时候，母亲却很乐观，不相信呛一下会有这样可怕的后果。

本来以为父亲又化险为夷，准备第二天回单位上班的，可是这一呛，我的心又提了起来，决定留下继续在病房陪护父亲，母亲也不愿回家，还有二哥，病房里有三位患者晚上回家了，我们就睡在他们的床上。为了让父亲呼吸顺畅，我和哥哥用被褥和枕头给他垫了个靠背，让他半躺着。呛了之后父亲的精神明显有些萎靡，不一会就渐渐睡着了。为了让他睡得踏实些，我关了病房的灯，但是借着走廊的灯光，病房里还是有些视线。怕父亲不小心从床边摔下来，我还把两张床并到一起，紧挨着父亲。

父亲和前一天晚上一样，好像睡得很香。由于吸着氧气，父亲的呼吸声也听不清楚，我不放心，一晚上一遍遍起身查看，感觉没有什么异样。每当我起身的时候，病床会吱吱作响，二哥也赶忙起身，然后看看无事又躺下。反复几次，到了凌晨五点，母亲醒来，走进父亲仔细看了看，突然急促地对我说，章平，你爸好像不对劲，快起来看看！我一下子睡意全无，跳起来拉亮了病房的灯。看着父亲似乎睡得很熟，可是仔细看看总感觉不对劲。我赶紧去叫来值班医生，医生一看说，你父亲这样叹息式呼吸是从几点钟开始的？我竟然无法回答。

用了呼吸兴奋剂，父亲还是没有反应。医生说，虽然父亲还有呼吸，但是已经深度昏迷。到底该怎么办？是转院呢，还是留在团医院？我征求医生意见，医生说，这个要由你们家属自己决定，我们不好建议。其实我心里很明白，父亲的状况，是经不起折腾了，更何况团医院唯一的救护车也不在家，我们能怎样转院？医生不愿表态，只是怕事后家属失去理智找麻烦而已。

我们束手无策，我的心里有种说不出的恐惧：难道这就是自己一直不敢去想向的阴阳两隔吗？我们这一大家团聚的幸福时光难道就要样匆匆离去了吗？天渐渐亮了，我擦干眼泪，打电话通知远在伊宁工作的孙子和外孙们赶回来见他们的爷爷和外公最后一面。

一向寡言的二哥不相信这一切，一遍遍地握着父亲的手，一遍遍地为他按摩肌肉，可是父亲已经无法回应。可是我知道，父亲的心里是明白的。当他的孙子外孙们一个个来到病床边哭泣的时候，父亲的泪水一次次顺着脸颊流下，我默默地一次次为父亲擦干。医生说，现在仅仅是靠氧气维持着呼吸，一旦去掉氧气，父亲就算是真的离开了。我不甘心，可又不得不面对这个现实。

最后我们决定，还是借来氧气袋，把父亲拉回他曾经住了十多年的老房子看看吧。

当我们告诉父亲到家了的时候，父亲的眼里滚出了一颗大大的泪珠。紧接着父亲呼吸急促起来，似乎想要告诉我们什么。我上前紧紧地握住父亲的手，却突然发现他的手松开了，呼吸骤然停止。

这是2014年7月3日十三点三十五分，父亲生命的时钟永远停止了摆动。

　　姐姐们恸哭起来,我只能站在那里默默地流泪。我明白,从那一刻起,我成了没有父亲的孩子。

　　我只想说,父亲,您安息吧,如果有来世,我一定还做您的儿子,一定把欠您的十年,补回来!

母亲，总有操不完的心

侄儿为了爱情，竟然不声不响辞了工作，跑去另一座城市投奔女友。因为大家都不看好这段感情，我便对哥嫂说，既然无法反对，至少也不要急于支持，让时间来考验他们吧，如果一年以后他们还在一起，我们再想办法帮助他。

侄儿拿着手里的几万元积蓄，去那座城市闯荡，雄心勃勃地想干一番事业。可是他能干什么呢？没有专长，也没有多少阅历，哥嫂在我们这座城市给他买了房子，早已倾尽所有，也无法再给他提供资金上的帮助。所以离开了单位，他只能一筹莫展，只能荒废时间。

老话说，儿行千里母担忧。对自己从小带大的孙子，母亲更是放心不下，得知情况后急得连续几天睡不着觉。在我的劝说下，无可奈何地对我说，好吧，以后你们谁的心我都不操了，我这么大年纪，谁也帮不上了。

可想来想去还是睡不着觉，觉得自己的孙子一个人在外漂泊无依无靠，实在可怜！于是去哥嫂面前大哭了一场，逼着他们去拜访未来的亲家，免得自己的孙子寄人篱下抬不起头来。哥嫂只好改变计划，出了趟远门。

我能说什么呢？我知道说什么母亲也不可能放下心来。母亲八十六岁了，一辈子为子女儿孙操碎了心。因为我在家里是老小，母亲有什么事总是爱跟我商量。今天哪个子女家有困难了，偷偷给上几千几万，明天哪个孙子外孙要外出上学了，再偷偷给塞上几百元。这时候母亲总会对我说，给钱的事，就你一个人知道就行了，别给别的哥哥姐姐说。这么多年来，在母亲的牵挂里，我们兄弟姐妹八个都成家立业，直到四世同堂，可想这些年母亲要为这一大家子操多少心啊！

父亲的丧事办完后，母亲对我们说把你爸留下的钱给你们都分了吧。哥哥姐姐们都不同意，说哪有妈妈还在就分钱的道理？母亲只好顺了大家的意把钱存进了银行。可是从此心里就又有了事，我一回去就给我唠叨，说家里孩子多没办法考虑周全，前些年就紧着你们兄弟几个照顾了，亏了你姐姐她们了。你们的孝心我也明白，可是等我走了什么也看不到了，你们再花这些钱有什么意义！母亲的心意我明白，她是希望能早点让我们受益，在自己有生之年就分享给予子女的快乐。我想，古人说"恭敬不如从命"，与其让母亲为这事操心，还不如让她安心。再说，只要我们心里记着这份爱，钱放到谁的手里都不是问题。于是给哥哥姐姐们打电话做工作，然后按母亲的意思，除了给她留下一部分，其余的分成八份，一一打到每个人的银行卡上。

年轻时少不更事，自己当了父亲后，越来越感受到父母的不易，总想做点什么来弥补自己的歉意。为了减轻父母的劳累，近十年来，每年的春节临近，我都会提前告诉母亲，什么也别买，什么也别想，一切由我来操办。这期间，我会先买了鞭炮糖果点心瓜子之类的提前送回去，鸡鸭鱼肉菜蔬蛋奶放到最后一趟满载而归。可即使如此，母亲还是不放心，忍不住要去买一些年货。到了年三十这天，往往是我赶着鸭子上架做大厨。四姐的公公婆婆都已经去世，有些时候她也会赶回来掌勺。可母亲依旧是忍不住要跑前跑后，怕累着了她，我就黑了脸大声训斥她，让她坐着别动，等着上桌子就行了。还有些时候，母亲总是趁我一个人回家的时候在我面前唠叨，让我为了这个侄儿那个外甥想想办法，我有时会心烦气躁地冲她吼，人家都已经长大了，你就别再操这些闲心了！母亲委屈地说，你们再大也是我的孩子，再说我又不是傻瓜，啥都不想活着有啥意思。

想想也是，为子女操了一辈子心，母亲怎么能停得下来。记得我刚工作那年，母亲已经六十多岁了，因为不放心我，坐着班车一路颠簸来伊宁市看我，仅仅在办公室门口看了我一眼就要回团里，任我追出去怎样挽留，母亲都没有吃中午饭就赶回去了。后来我调到特克斯县工作，因为不习惯，想要回团里，母亲又坐车赶了二百公里的路来开导我。十年前，我的婚姻出了问题，还是母亲，拖着年迈的身体赶来给我做思想工作。可是我鬼迷心窍，让母亲伤透了心，那一年她瘦了足足有十公斤。我知道，那是多少天翻来覆去睡不好觉吃不下饭的结果。

想到这些，我的心就不由得软下来，满是歉疚。因为我知道，无论人生的路有多么漫长，也总有走到尽头的一天，骨肉分离，亲人永诀是谁也躲不过去的结局。现在父亲走了，母亲也已过耄耋之年，亲人的相守团聚的日子一天比一天少。我唯一能做的，就是多回家看看她，何苦还要惹母亲伤心呢。于是便一次又一次提醒自己，回去陪母亲的时候，把性子放慢，把口气放轻，再别等以后想起来一次次泪流满面后悔不已。

我的川菜情结

据说川菜是在世界上最受欢迎的中国菜系，没有之一。对此，我深以为然。

——题记

父亲和川菜

我对川菜的喜爱，和父亲的启蒙不无关系。

由于父亲是四川人，我从小便喜食麻辣，对川菜情有独钟。20世纪70年代，还是计划经济的时代，物质匮乏，买什么都要凭票供应，平时连白面馒头都很难见到，更别说闻点腥荤了。但是也有例外的时候，那就是每年过年我们能美美地吃上一顿肉。那时候我家还在远离团部大本营八十多公里外的煤矿，每到春节前，团里会拉来一批"淘汰羊"分给大家，宰杀了过年。有些人家吃不惯羊杂碎，父亲就拿回来洗干净，用很重的麻辣调料烧了给我们吃，非常解馋。

可是为了这一口吃食，父亲常常要忙乎到大半夜，第二天还要下井挖煤。羊蹄子和羊头不好收拾，他就一次次放在火上烧，一遍遍用刀把烧煳了的皮毛刮干净。那种焦煳的羊毛气味，常常熏得父亲满眼泪花。羊肚子和羊肠子，也是翻来覆去地清洗，最后还要用碱面搓洗。这样处理后做出来的羊杂碎几乎没有怪味。

过年毕竟一年只有一次，还有漫长的岁月要在清汤寡水中度过。怎么办呢？父亲就请到煤矿拉煤的司机在夏季给我们带来成袋的辣椒，晒一晒，然后剁碎了，和上大蒜、生姜，再把平日积攒的清油烧熟了掺进去，用坛子封了，过些天一打开，那香味，真是令人挪不动脚。很快，我家的辣椒酱就成了过往司机最惦记的美食。

后来，到了20世纪80年代，日子渐渐好过起来，我们也回到了团里。逢年过节，父亲便会早早为我们准备传统的四川年夜饭，粉蒸肉、夹沙肉、龙眼肉，光是蒸菜就有五六种，我们一个个吃得满嘴流油。有一年连队菜地班引种了新品种朝天椒，很多人家分到手后都傻了眼，那玩意太辣，一般人是不敢下口的。父亲却不怕，宰了一只家里养的童子鸡，放了生姜、花椒一起爆炒，直吃得我们个个满头大汗、眼冒金星、口舌生烟。可如今想起来，那种酣畅淋漓的感觉，再也没有一味菜能够取代。

2004年的冬天，八十岁高龄的父亲为了给我们准备年夜饭，一个人在冰冷的厨房里忙了一天，冻得得了重感冒，最后甚至报了病危，让我们内疚不已。后来在母亲的严厉"训斥"下，加上确实年事已高，干不动了，从此父亲算是离开了厨房，母亲担负起了照顾父亲的全部任务。

记得小时候有一次我很好奇地问父亲：您的菜炒得这么好吃是不是跟名师学过厨啊？母亲却说，傻瓜，你爸爸从小家里穷，父母早亡，连饭都吃不饱，哪有条件去学烹调。想想也是，父亲从小被叔叔婶婶养大，刚成年就被抓了壮丁，后来参加酒泉起义，解放新疆后又屯垦戍边，一直到离休，不可能有机会去研究做饭这样的技艺。可见四川人是有做饭的天赋，也更体会到父亲为了我们这个家付出了多少心血。在父亲的影响下，我们兄弟几个从小就学会了做饭，几个姐姐却都是成家后才开始走进厨房。如今父亲虽然已经离开了我们，但是每每想起他老人家，心里除了伤感，还有满满的温暖。这也注定了我将终生成为川菜的追随者。

川菜的缘起

由于对川菜的钟爱，我不由把探询的目光投向川菜的发源地。连续几天的时间，我沉浸在川菜的历史里，徜徉在川人的悲欢离合中，不禁为川菜源远流长的文化底蕴和博大精深的烹调艺术而扼腕赞叹。透过川菜的历史，我看到了中华文明的苦难与艰辛，每前进一步，都要付出无与伦比的悲怆和血泪。而每一道菜名后，又有多少故事令人流连。可以毫不夸张地说，读懂了川菜的历史，也就读懂了五千年的中国文明史。

川菜发源于我国古代的巴国和蜀国。巴国是以今天的重庆为中心，蜀国是以今天的成都为中心，巴人彪悍，蜀地湿热，所以逐渐形成了独特的饮食风味。据《华阳国志》记载，巴国"土植五谷，牲具六畜"，并出产鱼盐和茶蜜；蜀国则"山林泽鱼，园囿瓜果，四代节熟，靡不有焉"。可见当时巴国和蜀国的调味品已有卤水、岩盐、川椒、"阳补之姜"。后来张骞出使西域，引进胡瓜、胡豆、胡桃、大豆、大蒜等品种，又增加了川菜的烹饪原料和调料。在四川出土的战国时期墓地文物中，已有各种青铜器和陶器食具，可见川菜菜系从战国时期就已萌芽，但是严格意义的川菜历史，可分为从春秋至两晋的雏形期，隋唐到五代的较大发展，两宋出川传至各地，至清末民国初年形成菜系四个阶段。也就是说，从雏形初现到形成规模，经历了一千年多年的时间，川菜才单独成为一个在中国有影响力的菜系，可见是多么的艰难。

川菜里的血泪，让我不敢想象我的祖先曾经经历的残酷。明朝末期，天下大乱，李自成打进了北京，张自忠占据了四川，不久清兵入关，并对一些城市实行了"三光"政策，除了著名的扬州十日、嘉定三屠外，四川也深受其害，据说当时曾经无比繁华的成都最后杀得只剩下五百余人。攻城略池之后，为了改变地广人稀的现状，清政府采取了移民政策，这就是历史上有名的"湖广填四川"。此后，从顺治到咸丰，历经七位皇帝、二百余年，随着大量移民的涌入，各地的饮食文化和特色菜也跟着入川，为川菜带来了一池活水。

从川菜的发展史里我们能够看到，战乱不仅使百姓流离失所民不聊生，也使川菜跌入低谷无人问津。反之，在和平盛世，人民安居乐业、欣欣向荣，川菜就会得到长足发展。可见，川菜与社会的发展，永远息息相关。

品读川菜的历史，我不禁为四川人的智慧和勤劳而折服。因为勤劳，才能耕耘出物产丰富的"天府之国"，因为聪明，才能研制出五花八门的调味品，比如闻名于世的郫县豆瓣、自贡井盐、内江白糖、阆中保宁醋、德阳酱油、茂汶花椒、永川豆豉、涪陵榨菜等等不胜枚举。只有这两样完美结合，才能创造出无与伦比的美味啊！

　　四川人的好客也是川菜历经几千年风雨仍然不断发展壮大的基石。据史学家考证，古代巴蜀人早就有"尚滋味""好辛香"的饮食习俗。贵族豪门嫁娶良辰、待客会友，无不大摆"厨膳""野宴""猎宴""船宴""游宴"等名目繁多、肴撰绮错的筵宴。到了清代，普通百姓家婚丧寿庆，也普遍筹办"家宴""田席""上马宴""下马宴"等等。就是这种热情豪爽的性格，造就了一大批精于烹任的专门人才，使川菜烹任技艺世代相传，长盛不衰。说到这里，大家是不是还能想起儿时去四川人家做客，被突然从身后加上一大勺肉菜或者米饭的经历呢？在那个缺吃少喝的年代，这是多么至诚的热情啊！

　　最让人佩服的是，四川人的学习精神。海纳百川，有容乃大。川菜的发展，除了地域的特点和自身的传承，更多得益于对外来美食的兼收并蓄。无论是宫廷、官府、民族、民间菜肴，还是教派寺庙的菜肴，在川菜里都能见其身影。秦灭巴蜀，"辄徙"入川的显贵富豪，带进了中原的饮食习俗。其后历朝治蜀的外地人，也都把他们的饮食习尚与名撰佳肴带入四川。特别是在清朝，外籍入川的人更多，以湖广为首，陕西、河南、山东、云南、贵州、安徽、江苏、浙江等省，也都有入籍的。这些自外地入川的人，既带来了他们原有的饮食习惯，同时又逐渐被四川的传统饮食习俗所同化。在这种情况下，川菜加速吸收各地之长，实行"南菜川味""北菜川烹"，最终形成了风味独特、具有广泛群众基础的四川菜系。可见，无论是饮食还是文化，要想进步发展"去其糟粕，取其精华"

永远是不二的选择。

一部川菜史，使我更加热爱生活，更加热爱我的祖国，当然也更加热爱川菜。从今后我要自豪地告诉大家：我所读过的书，和我吃过的川菜，都藏在我的气质里。

千古美谈说川菜

虽说自古有"蜀道难，难于上青天"的说法，可是由于倾慕"天府之国"的美景与美食，古代的文人墨客、商贾大吏无不趋之若鹜，纷纷来到四川，大快朵颐之后，或贡献自创的新菜，或留下名篇佳句，给川菜留下了无数美谈。

唐代诗仙、诗圣都和川菜有不解之缘。诗仙李白幼年随父迁居绵州昌隆，即现在的四川江油青莲乡，直至二十五岁才离川。在四川近二十年生活中，他很爱吃当地名菜焖蒸鸭子。厨师宰鸭后，将鸭放入盛器内，加酒等各种调料，注入汤汁，用一大张浸湿的绵纸，封严盛器口，蒸烂后保持原汁原味，既香且嫩。天宝元年（742年），李白受到唐玄宗的宠爱，入京供奉翰林。他以年轻时食过的焖蒸鸭子为蓝本，用百年陈酿花雕、枸杞子、三七等蒸肥鸭献给玄宗。皇帝非常高兴，将此菜命名为"太白鸭"。

诗圣杜甫虽然不是四川人，但他在四十八岁时弃官携家入蜀，在成都定居将近十年，写了不少诗歌，盛赞四川的丙穴鱼（今四川俗称雅鱼）、鲂鱼、鲫鱼、芋羹、芦笋、郫筒酒等之。其中有句云："青青竹笋迎船出，日日江鱼入馔来。"足见他对川菜的丰盛原料的兴奋之情。如今的成都草堂，成为世人瞻仰的旅游胜地。我想，这得感谢川菜把杜甫在四川留了那么久。

和杜甫一样，南宋爱国诗人陆游也曾客居四川十年，也是一位川菜的热诚歌颂者。《剑南诗稿》中有大量的诗篇都涉及四川的名酒、食蔬、菜肴和粥品。如《冬夜与溥庵主说川食戏作》中写道："东来阅七寒暑，未尝举箸忘吾蜀。"可见客居期间，是四川的饮食使他略感慰藉。

作为四川人，苏东坡不仅是历史上伟大的文学家，还是一位美食家，他对家乡的蔬菜、佳肴始终念念不忘，所以他的诗歌中，以蔬菜入馔的特别多，其中一首《春菜》诗云："蔓菁宿根已生叶，韭芽戴土拳如蕨。烂蒸香荠白鱼肥，碎美青蒿凉饼滑。宿酒初消春睡起，细履幽畦掇芳辣。茵陈甘菊不负渠，缕堆盘纤手抹。北方苦寒今未已，雪底菠如铁甲。岂如吾蜀富冬蔬，霜叶露芽寒更苗。久抛菘葛犹细事，苦笋河豚那忍说。明年投劾径须归，莫待齿摇并发脱。"这里提到的四川佳蔬有芜菁、茵陈、甘菊、菠菜、白菜、葛根。苏东坡还在多首诗中写到四川的萝卜、芥蓝、芹菜、豆腐、江豚、鱼羹等等，竭尽赞美之能事。他不但撰写了脍炙人口的《老饕赋》，还创制了东坡肉、东坡羹和玉糁羹等佳肴，为川菜作传扬出了可贵的贡献。

现代文学家郭沫若是四川乐山人。抗战期间，他住在重庆通运门附近的一条小巷里，不远处有一家小牛肉馆，以售卤牛肉为业。女店主人马有碧，回族，所卖凉拌牛肉、麻辣醇香；清炖牛肉也清鲜爽口。郭老经常光顾，还引来了一批文化界名流。有人称这家小店是"文化俱乐部"。有一次，女店主人乘郭老酒兴方酣，请他书写店名，郭老欣然命笔，戏书"星临轩"

三字赠之，意即文人聚会之室，一时传为佳话。

国画大师张大千也与川菜有着不解之缘，祖籍内江的他一生不仅精于绘画、书法、篆刻、诗词，而且还擅长烹饪。张大千宴请宾朋时，常常亲自下厨大显身手，所做"酸辣鱼汤"喷香扑鼻鲜美之至。

据考证，仅有历史典故的川菜就有三百多道，除了前文所述，还有灯影牛肉、宫保鸡丁、糖醋里脊、毛血旺、麻婆豆腐、夫妻肺片等等，当你吃着色香味形俱全的川菜佳肴，是否能从这些蕴含着文化气息的菜名里品味出人生的沧桑和美好呢？

川菜的江湖

有人的地方就会有江湖，有江湖就会有形形色色的武功门派，这种门派的划分，传承到饮食文化上，则根据地域不同口味不同，形成了闻名于世的中国八大菜系和众多分支。

那么，川菜是不是也逃脱不了闯江湖的命运？我想，如果按粉丝的群体来算，川菜一定是饮食江湖上的第一门派。川菜走进每个人的家庭和生活，似乎是不经意间，回头想想他好像始终在你的身旁，就像老邻居一样，时间久了，成了一种习惯和牵挂。这一点，我深有体会。

记得小时候，有一次父亲到野马渡出差带着我路过伊宁市。那时候工人俱乐部（现在大世界对面）门前有一溜用塑料布搭起来的临时摊位，摊主大都是用废弃的水桶加工成一个简易的火炉，用手摇着鼓风机炒菜做饭。中午的时候父亲带着我的来到这里，随便找了个摊位坐下要了碗面。只见摊主先在碗底放一撮葱花和芫荽，再用小勺在这个碗里舀一点辣椒油，那个碗里舀一点其他调料，然后把煮熟的挂面连汤倒进碗里，顾客端过碗用筷子把底料从汤面底下翻上来，一碗色香味俱全的担担面就呈现在眼前。那扑鼻而来的香味，我至今想起来还咂嘴。至今我都想不通，在那个"三天不吃大米饭腰杆疼"稻米王国里，四川人怎么能捣鼓出这上百种美味的面食呢？

也是这一趟，在伊犁最有名的绿洲饭店，我见识了一位龙抄手（馄饨的川菜版）师傅的"独门绝技"，只见他右手拿着一根竹片在装馅料的盆里一挑，一疙瘩肉馅就进了左手面皮里，然后右手一捏一扬，一只龙抄手就像蝴蝶一样飞出去，稳稳地落在撒好面扑的案板上。多少年过去了，龙抄手的味道早已淡忘，大师傅漂亮的姿势却牢牢印在了我的脑海里。我想这也是川菜能流传开来的原因之一，无论街头小摊，还是国营饭店，都可能藏着一位川菜高手。

我们这个边疆小城，林林总总的餐厅里，最能吸引我眼球的，总是那么几家川菜的招牌。可以毫不夸张地说，我见了好的川菜馆，就像当年乱世之中各路绿林好汉见了梁山泊的旗帜一样崇拜。

记得很久以前开发区超市里有一家温州风味的卤菜店，却做得一手漂亮的泡椒凤爪。他家的凤爪脱骨，用红油炒制的小尖椒炮制，那味道可以用四个字来形容——麻、辣、鲜、香。每次吃完他家的鸡爪子，剩下的泡椒舍不得扔，留着做下一顿饭的开胃菜。常常有老顾客专门去他家的店里要来凤爪中的泡椒，吃得上了瘾。只是可惜，后来超市搬迁，这家卤菜店也不知去向，我几经打听也不知其下落，心里还遗憾了好久，惦记了好久。

因为爱吃川菜，自然就对川菜的做法有些研究。一次出差到郑州，下了火车，饥肠辘辘的我看见车站附近有一家川菜小吃，大喜过望，立即直奔而去。没想到我点的回锅肉端上来后刚夹了一筷子，立即惊呆了：竟然是用西红柿青辣椒做配菜！当我提出疑问时，那抄着一口地道四川方言的老板反问我："啷个说这不是回锅肉撒？"是啊，这肉片确实是回过锅的，我只能无语了。可是，说好的郫县豆瓣呢？说好的蒜苗呢？

川菜的生命力极强，就像蒲公英的种子，天南海北，处处都能见到他的身影。有一次在上海，朋友请我们吃饭，征求意见问想吃什么，我想也没想张口就说：吃川菜吧！于是来到一家装修考究的酒楼，只见大厅的过道上坐满了人，一问原来由于顾客太多，包厢要排队等候。在川流不息的人群里，我听到的大多是兴高采烈的老上海口音。谁说上海人只喜甜食，不欢麻辣呢？进得包厢，看看菜谱价格也和我们边远的小城相差无几，随口问问，经理说上下两层楼房租一年要二百万元，我一听直咋舌。但是想想，有这么多趋之若鹜像流水一样的食客，还愁什么房租呢！再后来，到以饮食清淡著称的杭州、广州等沿海城市，同样的景象一次次重演。这改变了我以往对川菜的印象：看样子川菜不仅是下里巴人的最爱，同样合得上阳春白雪的胃口啊！

川菜为什么会如此受世人的青睐呢？我带着这个问题回到川菜知识的瀚海里遨游，果然找到了新的答案。在世人的印象里，说到川菜首先会想到的就是麻辣，其实不然。川菜风味繁多，除了我们常见的麻辣味，还有辛香味和咸鲜酸甜味，在此基础上与百味相融，变幻出层出不穷的味道，所以川菜有"百菜百味，一菜一格"的美誉。根据不同的特点，川菜的大致可分为四大菜式、二十四种味型，三十八种烹调法，一千五百多道菜，仅有历史故事的菜名就有三百多种，如此复杂的构架、这样宏大的系统，放眼世界，谁与争锋？

在中国的外交史上，有很多轶闻趣事和川菜有关。很多国外元首和外交官吃了中国的川菜后都赞不绝口，大有"曾经沧海难为水，除却巫山不是云"的钟情。德国总理默克尔酷爱川菜，来成都访问时，她不仅专门到超市买了郫县豆瓣，而且现场跟厨师学习宫保鸡丁的做法。美国前总统布什父子除了来中国吃，回到美国还念念不忘，一家人就经常到附近的川菜馆吃饭。正因为这种追捧，在国外华人聚居区见到最多的中餐馆必定是川菜馆。你想川菜的粉丝群有多么庞大！2010年，成都被联合国教科文组织授予亚洲第一个世界"美食之都"的殊荣。

可见，川菜的江湖地位是得到了全世界的认可的。

火锅里煮出的温暖

说到川菜，火锅是绕不过去的一道坎。虽然川菜四大菜式里没有火锅，但是我依然要说，火锅是川菜里群众基础最好的美食之一。

火锅，古称"古董羹"，因食物投入沸水时发出的"咕咚"声而得名，它是中国独创的美食，历史悠久。据考证，东汉时期即有火锅，左思的《三都赋》中已经记录了四川的火锅，可见其历史至少在一千七百年以上。唐代白居易的《问刘十九》诗曰："绿蚁新醅酒，红泥小火炉。晚来天欲雪，能饮一杯无？"就惟妙惟肖地描述了当时吃火锅的情景。到宋代，火锅的吃法在民间已十分常见，南宋林洪的《山家清供》食谱中，便有同友人吃火锅的介绍。火锅在广东称为"边炉"，在宁夏称为："锅子"，在四川叫"火锅"。三者之中，四川的火锅无疑是历史最悠久也影响力最大的。

　　一代伟人毛泽东说：人民，只有人民，才是创造历史的动力。这句话用在四川火锅身上，同样毋庸置疑。四川盆地雾多、阴天多，湿气重，沿着江河拉纤或者在码头搬运货物的挑夫辛苦了一天之后，为了方便，就着江水，用麻辣鲜香的郫县豆瓣做底料，你一碗毛肚，我一碗肉片，还有竹笋、海带等等，凡是能入口之物，通通放进锅里，煮在一起就成了一锅百家饭。大家围成一团，既吃得浑身冒汗，排湿解乏，又吃出了欢乐，吃出了感情。如今为了顾客拿取方便，又出现了风靡全国的串串香新吃法，其创新精神真是令人赞叹。我想这也是火锅赖以生存并生生不息不断发扬光大的原因之一。

　　一堆食材，一个炊具，合在一起才能叫火锅。你说它算是食材，还是炊具？我想，没有被列入川菜菜式之中，或是和它难以归类有很大关系。但无论如何，火锅的传承与流行，是谁也阻挡不了的。

　　记得最初吃火锅，是那种中间烧炭的土火锅。这就是东北《奉天通志》记录"野意火锅"的吃法："以锡为之，分上下层，高不及尺，中以红铜为火筒着炭。汤沸时，煮一切肉脯、鸡、鱼，其味无不鲜美。冬令居家宴客常餐，多喜用之。……富者兼备参、筋，佐以猪、羊、牛、鱼、鸡、鸭、山雉、虾、蟹子肉，或饺，或食火锅，供客亦成席，其丰啬又视贫富侈俭而不同。"天寒地冻，一群人围着热气腾腾的火锅大快朵颐，这是件多么幸福的事！因为火锅，再冷的冬天又有什么可怕的呢？这一点，新疆和东北何其相似？但是最大的问题是，土火锅因为炭火燃烧不充分，会有生命隐患。记得十多年前，伊宁市就有一家土火锅店就因为顾客在吃火锅时二氧化碳中毒，而惹上了官司，好在有惊无险，几名顾客最终经过抢救安然无恙，但是这样冒着生命危险吃火锅，还是让人有些心有余悸。

好在随着时代的进步，土火锅很快被煤气火锅、电磁炉火锅取代，安全性是越来越高了。随着空调的普及，火锅也由过去冬天的独特风景变成一年四季常吃不厌的大众美食。记得有一年，为了给父母减轻负担，我建议大年三十吃火锅，得到了全家人的响应。大家围着老式的"八仙桌"，一桌菜随吃随放，吃得不亦乐乎，而父母也过了一个轻松的春节。从那以后，我们一大家团员的时候，会常常用火锅取代炒菜，别有一番风味。

记得当年我们一群单身汉也对火锅颇为受用。周末的晚上，买一堆菜蔬回来，没有正宗的火锅炊具，就用钢精锅取代，大家围着简易的小桌，你一言我一语，捞着锅中美食，几杯白酒下肚，气氛更为热烈。多年之后，当年一起吃过火锅的朋友见了面，那种亲切和亲热，是常人难以体会的。

有一次回四川旅游，老同学请客，火锅端上来，我很好奇，那锅盖了盖子，留有一个烟囱状的窗口。这是干什么用的呢？同学挤挤眼，给我卖了个关子：一会你就明白了。等服务员端着一盘叫黄辣丁的野生小鱼上来作了介绍我才明白，原来这种鱼味道鲜美，但是生命力极强，剖开洗净，下锅之后还会在锅中跳跃翻腾，难免使汤料四溅。好吃的四川人便想出了这个方法，发明了专用的火锅盖，把鱼从"烟囱"里倒进去，等彻底煮熟了再打开盖子取食。如今，黄辣丁也随着火锅来到了新疆，一些先行引种黄辣丁的养殖户赚钱赚得一天到晚高兴得合不拢嘴。川菜的魅力可想而知。

火锅最大的好处在于不挑，底料用麻辣为主的红汤不错，用骨头熬制的清汤亦可，用多种菌类配制同样大受欢迎，饮食清淡者直接用白开水也无不可。锅中所下之菜，荤腥时蔬不限，海鲜面食同煮。琢磨一下，其中是不是有着"道法自然，万物共生"的哲学在里面？

这就是火锅，它的饮食文化里，最大限度地体现了"海纳百川，有容乃大"的中华文明之胸怀。

郫县豆瓣和"老干妈"

为什么要把郫县豆瓣和老干妈香辣酱相提并论？我想大家一定会感觉一头雾水，但是山人自有山人的道理，莫慌，且听我慢慢道来。

还是先说郫县豆瓣吧。古人云：食在天府，味在成都。郫县豆瓣，川菜之魂。所以我想，说了这么久川菜，不给大家介绍一下川菜的灵魂未免有些遗憾。

作为川菜的灵魂，郫县豆瓣其实也是杂交文化的产物。1666年，清王朝建都之初，由于战乱造成四川人口锐减，便引发了史上有名的湖广填四川人口大迁移运动。陈氏祖辈陈益兼在入蜀途中。其赖以充饥之蚕豆遇连日阴雨而生霉。祖辈不忍弃，遂置于田埂晾晒就以鲜辣椒拌和而食，竟鲜美无比，余味悠长，其后竟以此为生。到清咸丰三年（1853年），陈氏后人陈守信于郫县城南街开设酱园，以酿造酱醋和祖传之郫县豆瓣为业，其店号曰"绍丰和"酱园。

之后郫县豆瓣凭借选材与工艺上独树一帜，越发得到世人的喜爱。民国初年（1912年），郫县豆瓣的生产已成相当规模，加上郫县的大烟远销各地，外地烟贩均争购豆瓣以返乡馈赠友邻亲朋。没想到无意插柳柳成荫，大烟最后因为政府的禁令销声匿迹，郫县豆瓣却借此传扬出去，并越走越远，名扬四海。

新中国成立后，党和政府关大力心支持地方名、特、优产品的发展，对郫县三大酱园给以和政策的支持。1955年公私合营后，陈家后人心怀感恩，遂将郫县豆瓣配方比例、制作工艺向工人们传授，把郫县豆瓣的传承和光大推上了一个新的高度。

如今，郫县豆瓣不仅获得了"中华老字号"荣誉称号，还被评定为世界非物质文化遗产，产品不但畅销国内各大中城市，更是远销到美国、日本、加拿大、德国等全球多个国家和地区，深受广大烹饪和美食爱好者青睐与好评。全县有生产郫县豆瓣相关企业近百家，年产值上百亿。可以说，豆瓣产业撑起了郫县的一片天，成为郫县人民幸福生活的源泉。

为了更全面地展示郫县豆瓣在川菜中的地位和作用，做大做强豆瓣产业，郫县政府专门在安德镇兴建了中国川菜文化体验馆。在这里，你不仅能够流连于川菜三千年的历史变迁，品味川菜多姿多彩的文化内涵，而且能够体验到地道的川菜盛宴。在这里，技艺精湛的大厨们精益求精，不断开发出以郫县豆瓣为主题的新派川菜，完成了对传统口味的逆袭，打破了郫县豆瓣鲜香辣的单一味型，制作出了家常豆瓣味、咸鲜味、家常鱼香味等多种味型的豆瓣菜品，令人叹为观止。

把一种调味品做到这样的境界，四川人的智慧和工匠精神真是让人不得不伸出大拇指啊！

而调味品界的另一个大腕——老干妈香辣酱虽然产自贵州，但是究其渊源，贵州菜却和川菜渊源颇深，所以我对老干妈香辣酱同样爱不释口。老干妈可以是一种调料，炒菜时放一两勺，和郫县豆瓣有着异曲同工的效果；老干妈也可以是一种主菜，就着馒头面条或者米饭，一瓶香辣酥脆的老干妈顷刻间能让你的味蕾醉倒。所以老干妈在很短的时间内成为中国名牌，企业规模十年扩大十五倍，当家人陶华碧没上过一天学，却创造了一个资产达十多亿的饮食企业。她被视为企业界的传奇：不打广告不做促销，不上市、不贷款、也不融资，产品却始终火到要用现款进货。这里面最大的秘诀就是川菜的精神：货真价实、味道独特、不断创新。

去年7月，老干妈还奢侈了一把，入了美国奢侈品电商Gilt的法眼。Gilt把老干妈奉为尊贵调味品，在一次类似于"双十一"这样的打折季中，限时抢购价也要十一点九五美元两瓶（约人民币三十七元一瓶）。

于是我不由得多了份好奇，在海外淘网站上去浏览老干妈的销售记录，看到了很多令人捧腹的评价。现把它们原文摘录给大家：

味道怪怪的，吃的时候一定要小心，因为一不小心一会就把一瓶吃完了。

香脆可口的辣椒在你的口腔中绽放，感觉太美妙了！我的朋友向我推荐了老干妈，我会一直吃下去的。这东西吃起来真实不错，还有很多脆脆的颗粒物，花生嚼起来太棒了！美妙的老干妈，美妙的鲜辣口感！

这东西能成瘾！小心！我警告过你！

我喜欢我的"愤怒女士辣酱"！我不知道这是不是中国来的，不过尝起来确实很"中国"。我简直停不下来，干脆直接从瓶子里舀着吃。真的好吃！

感谢老外的幽默，让我在啼笑皆非中感受到了老干妈的魅力。如果中国的产品，都能像郫县豆瓣和老干妈香辣酱一样，还怕什么经济下行的压力呢？

川菜和白酒

诗圣杜甫的一句"蜀酒浓无敌，江鱼美可求"无意中向我们泄露了"天机"：四川水多，菜好吃，酒好喝。

研究四川的历史和地理可以发现，四川是中国水资源最为丰富的地区之一，其坐拥岷江、涪江、沱江、金沙江、赤水河等众多水系，

而且因其靠近青藏高原等中国大多数河流的发源地，水质优良纯净酿酒可谓得天独厚。

四川境内少数民族众多，彝族、藏族、羌族皆有民风彪悍、嗜酒成风的习俗。在战乱不断的年代，很多利用险要地势自成山寨，割据一方。更有甚者占山为王，有难同当有福同享。这一点我们在众多的电视剧中并不陌生：生死拼杀之余摆个庆功宴，兄弟们大碗喝酒大块吃肉，川菜和白酒又不由自主地走

在了一起。

由于地处纷争之地，自然帮派众多，四川人的江湖义气也由此而生，清代以后形成了哥老会秘密组织，又称袍哥。袍哥组织在辛亥革命中立下了汗马功劳，所以后来在国民党各级组织中袍哥众多，拜把子（结拜兄弟）江湖风气日盛。蒋介石当年为了拉拢人心，最擅用的伎俩就是和各路军阀拜把子。而拜把子、袍哥聚会自然是少不了酒肉的。这也是川酒逐步走出盆地，走向全国的独特历史背景之一。

川菜取材广泛、调味丰富、菜式多样，口味清鲜醇浓并重，以善用麻辣著称，川酒酒质清冽、酒体浓烈醇厚，回味悠长，二者就如伯牙和子期惺惺相惜，又如司马相如和卓文君琴瑟和鸣，相得益彰。一口川菜下肚，再来一杯浓香型的川酒，细细品味丰满醇厚的酒体，味道叠加口感并重，那是何等的享受！再听一听川戏，或者摆一摆龙门阵，那岂不是神仙一样优哉美哉。这种文化氛围使得川菜川酒就成为最佳搭档，一起打开了世界的大门。当代文学家郭沫若也在心满意足之余连连赞叹"烹鱼斟满延岭酒"的惬意。可见由于四川江河湖泊众多，产生了众多的美酒和美食，使人乐而忘返。

历史既然赐予四川这样丰厚的地理和人文条件，看样子不出美酒颇有些对不起天下啊！于是便有了川酒的辉煌，在唐代，李肇所著的《国史补》便记载有出于绵竹的"剑南之烧春"、宜宾的"荔枝绿"、成都的"锦江春"和郫县的"郫筒酒"，当时颇有名气为人们所称道。而观当今白酒天下，川酒之业绩亦令人称赞：五粮液，坐镇酒都宜宾，销量连续十六年雄踞酒林首位；泸州老窖，酒城望族，泸香型白酒开山鼻祖。其窖池从1573年延续至今，堪称国窖；沱牌曲酒，射洪老号，首开"生态酿酒"先河，建有全国首座酿酒工业生态园，同门舍得酒近年更是异军突起，洛阳纸贵；剑南春的天益老号，乃酒林规模最大、保存最为完整、工艺要素最为齐全的活窖遗址群；水井坊，号称天下中国白酒第一坊；古蔺郎酒，酱香典范，天宝洞、地宝洞，乃酒江湖不可世出的藏酒圣地。看看，川酒的文化功底同样不可小觑啊。于是便有了老"五朵金花"笑傲江湖，新"五小花旦"再加入十亿元销售俱乐部的辉煌。

单用一种粮食为原料酿酒，酿出的酒具有相应特殊的风味。高粱产酒清香味正，糯米产酒纯甜味浓，大米产酒醇和甘香，玉米产酒味含冲香，小麦产酒则显曲香。如果将上述五种谷物糅合在一起酿酒，会是什么味？于是宋末元初，便有了五粮液的杂粮酒。我想，这或许是受川菜"五味调和"的启发吧。

随着对川酒的了解不断深入，我突然有种强烈的直觉：家乡出产的伊力特系列白酒一定和四川有着千丝万缕的联系，因为我从它的气质里，嗅出了浓浓的川味。于是托朋友找来伊力特酒厂的史志，没想到果真给了我一个惊喜。

新疆解放之初，曾经由王震、王恩茂两位将军率领的二军五师十三团（其前身为大名鼎鼎的八路军三五九旅七一七团）完成了剿匪任务后，驻扎伊犁新源县肖尔布拉克（现兵团第四师七十二团），开始了艰苦卓绝的屯垦戍边大生产。由于天寒地冻，缺吃少穿，师长冯祖武提出了自己烧酒，用传统方法御寒的想法。

一等功臣四川籍战士程依富受命组建烧酒组。这个从没烧过一天酒的战斗英雄，再次发挥出四川人能吃苦、勤思考的优点，在一无所有的条件下，发明了松木板窖池，带领一班人克服重重困难，顺利于1955年11月20日烧出了第一锅白酒。这就是今天有着"新疆第一酒"之称的伊力特系列白酒。六十多年来，伊力特走过了苦难，也创造了辉煌，来自社会各界的赞誉不胜枚举。1959年8月2日，越南人民共和国主席胡志明造访了新疆生产建设兵团，品尝了伊犁大曲，惊呼为"新疆茅台"。1990年，伊犁大曲酒厂邀请四川的陈益钊、吴德贤教授来厂指点白酒勾兑技术。同年12月，泸州老窖酒厂副厂长、国家级评酒员赖高淮和全兴酒厂厂长赖登益来到肖尔布拉克考察，品尝了低度伊犁老窖后连声赞叹，称其与三十八度五粮液不相上下。如今的伊力特股份公司，不仅跻身全国白酒企业效益十佳的行列，还获得了中国驰名商标等一系列殊荣。在白酒市场低迷的今天，伊力特逆流而上，又创造了连续三年效益持续增长的奇迹。可以毫不夸张地说，伊力特是川酒家族遗落在西北边陲的一颗明珠。

这让我这个川人后裔、军垦二代对川菜和川酒的热爱里又多了份骄傲：相信我们一定会创造出和川菜川酒一样闻名于世、传承万代的屯垦戍边伟业。

未雨绸缪

——父子相伴走天涯之一

一直以来,有一个愿望,就是带上从未出过远门的儿子外出旅游,让他饱览祖国的大好河山,用实践去体验"行万里路,读万卷书"的快乐。可总是由于林林总总的原因,计划一再改变,眼看儿子一天天长大,我的许诺始终未能兑现,似乎有悖于我日常对儿子"诚信为本"的谆谆教诲。于是下定决心,无论如何,也要排除万难,践诺而行。

2010年的夏天,终于把我的休假安排到了儿子的暑假。于是乎,行程便成了我们父子俩的新课题。按我的思路,生在新社会,长在红旗下的儿子是首先是应该去天安门去感受一下升国旗的神圣,以便我趁机给儿子上一堂爱国主义教育课。可是谁曾想,儿子幼小的心灵里偏偏对辽阔蔚蓝的大海情有独钟,非要去海边踏浪观海。

无可奈何,我只好尊重儿子的选择重新规划我的行程。在网上遨游了几日,加上朋友的推荐,最终决定把目的地定在了有"东方夏威夷"之称的厦门。

俗话说,"兵马未动,粮草先行"。行程一旦确定,我就开始了快乐而忙碌的准备工作。这时候深刻地体会到，网络这东西，是多么的便捷。鼠标一点，厦门的林林总总便展现在我的眼前，从风土人情到旅游攻略，天上地下，无所不能。按照以往的经验，到了目的地，落脚的旅馆是首先要考虑的问题。于是便按照驴友们在网上介绍的名单一一联系。这下更是惊叹网络的魅力和其中巨大的商机。凡是在"驴友"中声名远播的那些家庭旅馆无一例外地全都爆满，甚至是十天后的客房都已被预订一空。又在网上查询了几家酒店，也都大致如此，我这才感觉的形势的严峻。

也是病急乱投医吧，忽然想到前不久莫名其妙接到一张携程网寄来的贵宾卡，说是可以提供免费的酒店预订服务，便拨通了卡上的电话。没想到还真起了作用，很快，接线员就回电话说按照我的要求预定好了离厦门机场不远的一家连锁便捷酒店，不仅出行方便，而且标准间的价位也是在我的承受范围之内。住处有了着落，我心稍安，便开始做出行计划。

感谢热情的"驴友们"，在网上，我收集了详尽的"厦门旅游全攻略"，打印成册，以备急用。

梦想成真

——父子相伴走天涯之二

由于伊犁人民的百年火车梦于 2010 年 7 月终于成真,老百姓坐火车出行的积极性空前高涨,所以才开通不久的火车趟趟爆满,提前十天预订仍然是一票难求。无奈,我只好抱着试试看的想法于 7 月 28 日清晨七点来到车站售票厅碰碰运气。没想到,运气还真好!一到窗口就遇见一小姑娘在焦急地原价转让两张 8 月 3 日去乌鲁木齐的硬卧票。

这真是踏破铁鞋无觅处,得来全不费工夫啊!惊喜之中我立即奉上钞票,小姑娘也是满脸喜色,立即成交。皆大欢喜,实现双赢。旁边排队买票的人们脸上那个羡慕啊,别提啦!

我想,这可是好兆头!看样子这次和儿子的厦门之行,一定会充满惊喜和收获。

2010 年 8 月 3 日,这次筹划了很久的远行终于成行。

下午八点,我和儿子打的来到新建的伊宁火车站,对于第一次出远门的儿子来说,一切都是那么新鲜,所以也就表现得异常兴奋。无论是看到长长的列车,还是进入车厢之后,他都不忘让我给他来两张照片以示纪念。不一会,他就和隔壁的小朋友成了好朋友，还互相留了QQ号。至此，一路上和新朋友互留QQ号就成了他乐此不疲的一件大事。

第二天一大早下了火车，下午乘飞机前往厦门。沿途看到沟壑纵横的祖国大地，不禁感慨万分。儿子则忙着从窗口往外拍照，看着在天空中快速飘过的白云，惊叹不已。傍晚时分，从飞机上的GPS卫星云图看到我们的飞机离目的地越来越近了，电脑显示屏上的黄色逐渐减少，绿色越来越葱茏，进入福建地界，简直是一片绿色的海洋。

到了厦门机场已是暮色沉沉，按照携程网的短信指示，打车十分钟左右就到了预定的酒店，进入房间一看，条件还真不错。房间虽小，却也干净整洁，打开窗户，凉风习习，气温并没有朋友们说得那么高。

略作休息，我就和儿子下楼吃饭，北京时间十一点半，在厦门已经很晚了，由于不是住在市中心，很多店铺都已经打烊，只有两家摆夜市的小摊还亮着灯。走近一看，哇，我在网上就已经惦记着的时令海鲜还不少。于是按照"驴友们"在网上的介绍，点了两盘酱油水（福建人烧海鱼的一种做法）和五只炭烧生蚝。品尝之后，果然美味无比。

鼓浪屿之旅

——父子相伴走天涯之三

对于鼓浪屿，我最初的认识是来自于那首声名远播的抒情歌曲《鼓浪屿之歌》，优美的旋律和意味深长的歌词，让我打小就对鼓浪屿充满了神往。

所以早就盘算好了，此次厦门之行的第一站就直奔鼓浪屿。吃过早饭，我和儿子按照《全攻略》的指点，搭乘公交车来到了鼓浪屿轮渡码头。

鼓浪屿位于厦门岛西南面，与厦门岛只隔一条宽六百米的鹭江，乘轮渡五分钟可达。鼓浪屿原名"圆沙洲"，别名"圆洲仔"，明朝改称"鼓浪屿"。乃因岛西南方有一礁石，每当涨潮水涌，浪击礁石，声似擂鼓，人们称"鼓浪石"，鼓浪屿因此而得名。鼓浪屿面积仅一点九一平方公里，是厦门最大的一个卫星岛，常住居民两万人。

鼓浪屿岛上有一个最大的特点就是，充满着异域情调的老别墅鳞次栉比。这是因为1842年鸦片战争后，英、美、法、日、德、西、葡、荷等十三个国家曾在岛上设立领事馆，同时，商人、传教士、人贩子纷纷踏上鼓浪屿，建公馆、设教堂、办洋行、建医院、办学校、炒地皮、贩劳工，成立"领事团"，设"工部局"和"会审公堂"，把鼓浪屿变为"公共租界"。一些华侨富商也相继来兴建住宅、别墅，办电话、自来水事业。因此，鼓浪屿又是一个天然的历史博物馆。

从19世纪中叶起，伴随着基督教的传播，西方音乐开始涌进鼓浪屿，与鼓浪屿优雅的人居环境相融合，造就了鼓浪屿"音乐家摇篮"和"钢琴之岛"的美誉。据导游介绍，小小鼓浪屿竟然有钢琴六百台，其密度居全国之冠。漫步在林荫蔽日的小道上，不时能听到悦耳的钢琴声，悠扬的小提琴声，轻快的吉他声，动人优美的歌声，加以海浪的节拍，不由得令人陶醉。音乐，已成为鼓浪屿、一道独特的风景和名片。更为奇特的是，轮渡码头的外形似一架打开了琴盖的钢琴形状，故又叫"钢琴码头"。

第一次坐轮船，儿子很兴奋，看着脚下汹涌的浪花，簇拥着游轮在港湾里一起一伏，眺望着远方蔚蓝的大海和碧绿的小岛，儿子摆出POSS，让我给他留下珍贵的纪念。

上了岛，随着缓缓的人流，我们步入了一个优雅静谧的环境。虽然游人如织，但是除了导游的解说，几乎听不到嘈杂的声音。在密密匝匝的香樟树下，漫步在干净整洁的小巷里，听着导游娓娓讲述着鼓浪屿的历史与人文，不也是一种美好的享受吗？谁还会大声喧哗呢？当导游告诉我们樟树就是制造纸币的必需原料时，我们不禁多了几分惊奇，仰望着从树枝上垂下的长须，有人诙谐地说，那我们干脆买点树种，回去种上一大片樟树，不就等于在种摇钱树吗？笑声中游客的队伍多了几分欢快。

厦门美食觅踪

——父子相伴走天涯之四

去厦门之前，就在网上搜索了各种厦门美食，心里盘算着，到了厦门一定要按图索骥，好好品尝。于是，中山路就成了第一个目标，因为这儿是美食小吃最为密集的一个地方。

其实，厦门的特色美食无处不在，随时都会给你带来惊喜。8月6日一大早，因为要赶往鼓浪屿，我和儿子起床就近来到宾馆对面一家叫"扁食妹"的小吃店，就意外地遭遇了久闻大名的厦门扁食、炸五香和炖罐三种美食。扁食其实就是馄饨的厦门版罢了，不过肉馅和汤料非常鲜美，有别于北方馄饨。而炸五香呢，是把瘦肉、海鲜、香葱等不同馅料裹在豆腐皮里油炸，味道很香醇，令人回味。炖罐是福建沙县的一种特色名小吃，传统的做法是将小罐放入蒸锅中，再放在蜂窝煤炉上慢火炖。一般来说原料以牛羊肉居多，特别是羊肉里要放几克当归、党参、枸杞去膻味，别的放两片老姜，少量料酒，少量盐，其余调料出锅时依客人口味增添。炖罐的特点是汤要清，千万不要加酱油。一般是早上五点左右开始炖，到中午，至少要炖六个小时，否则火候不到汤味大打折扣，老食客一吃便会露馅。

吃完早餐，乘公交到了轮渡码头。一下车，儿子眼尖，老远就看见一家叫新欣食杂店的大排档窗口挤满了人。冲过去一看，冒着油烟的炸肉串和鲜榨现饮的鲜果汁立即让我们流下了哈喇子。虽然之前在网上并未见到介绍这家小店的只言片语，但是我和儿子品尝之后都赞不绝口。炸肉串分量足，外焦里嫩，十元三串，吃起来很过瘾。鲜榨的芒果汁、木瓜汁五元一大杯，也是妙不可言啊！

登上鼓浪屿之后，专程品尝了大名鼎鼎厦门四大名吃。在龙头路的三岔口老远就见一木质小摊车挂着叶氏麻糍的招牌，四周围了一群游客。只见摊主拉出摊车下面的抽屉，取出糯米糍粑，先用金属小刀把糯米团撑开成口袋状，裹入花生碎、黑白芝麻碎和糖粉混合成的馅料再揉成团，滚上一层黑芝麻粉，一份"麻糍"就做好了。摊主的熟练和从容，让人赞叹不已。再品尝一下他的手艺，味道甜而不腻，糯而不黏，真是不错！可别小看这小木车，据说叶氏麻糍已有百年历史，而且是"岛上唯一可以占道经营的小摊"。

中午时分，我和儿子走得又累又渴，终于到了日光岩出口处的鱼丸店。据说这鱼丸是采用野生鲨鱼精心打制，我们迫不及待地买了两碗，十元！呵呵。果然名不虚传，一口下去，其皮韧性十足，鲜脆可口、馅香多汁，汤头香浓四溢，美味可口。

继续前行，很快就到了龙头路95号，黄胜记肉脯和肉松店，一百元八包的广告牌老远就映入眼帘。这家老板很豪爽，站在路边拿着大块大块的肉脯给路人品尝，人家不好意思要，他还硬塞给人家。买多了还送旅行袋方便拎走。难怪这么多人把小店围得粽子似的。最后要说说张三疯奶茶店，张三疯其实是生活在鼓浪屿娜雅旅馆的一只猫，她用她的肥肚子和悠闲的睡姿告诉人们，其实生活是可以不用那么辛苦的。在背包客们的推崇之下，一举走红。张三疯奶茶店应运而生，如今已发展到连锁机构。店内大块大块浓郁的色彩和一幅幅的油画表达着浓重的流浪色彩。不过品尝之后，感觉这儿的奶茶似乎没有鲜浓的果汁对我们的胃口。

从鼓浪屿返回，我们下了轮渡就直冲马路对面，开始中山路之旅。

在我有限的城市阅历中，好像凡是叫中山路的地段，必定寸土寸金。比如乌鲁木齐的中山路，还有就是眼前熙熙攘攘、人流如织的厦门中山路。中山路真是美食聚集之地，一家家特色小吃和专卖店鳞次栉比，而两边的楼房也是独具特色。据导游介绍，中山路的建筑都是骑楼，骑楼是欧陆建筑和东南亚地域特点相结合的一种建筑形式，大约在鸦片战争后就传入鼓浪屿和厦门。这种建筑有着浓郁的南洋风情，粉红和乳白是主色调，经过岁月的洗礼，斑驳的墙体与古旧的木窗更为骑楼增添了几分特有的神韵。还有几家，半山的楼顶上草木葱茏，繁花似锦，真是沧桑中透出时代的气息。

中山路的巷口，有一家卖土笋冻的小摊，摆摊的老伯很和蔼，价格也不贵，五元三个。"土笋"是一种类似蚯蚓的环节动物，学名叫"星虫"，身长仅一两寸，却五脏俱全。据明朝屠本骏《闽小记》中写道："其形如笋而小，生江中，形丑而甘，一名土笋。"清朝同治年间，任福建布政司的河南人周亮工在《闽小记》中写道："予在闽常食土笋冻，味甘鲜美，但闻其生在海滨，形类蚯蚓。"

厦门沿海盛产"土笋"，熬制土笋历史悠久，先得将土笋腹部压破，再将肚内泥浆洗涤干净，和清水熬煮然后连同富含胶质的汤汁装入小酒盏，冷却结冻而成。眼前的土笋冻晶莹剔透的卖相，口感很像果冻，咬下去还有沙虫皮脆脆的感觉，佐上青芥辣、甜辣酱，配着酸酸脆脆的腌制萝卜，很开胃。和所有野生动植物一样，现在沙虫的产量现也越来越少了，所以更显其珍贵。我们自然要趁这天然美味还没有绝迹之前一次吃个够喽！

在中山路，有着百年老字号历史的黄则和花生汤算是游客必进之店。黄则和的花生汤汤色乳白，清鲜甘甜；花生片酥烂但又不碎，入口即化，不是一般的工夫就能熬制出来的。除了花生汤，各式糕点，闽南特色春卷，年糕，沙茶面，海蛎煎，面线糊等特色小吃应有尽有。看着店里店外摩肩接踵的顾客，我和儿子买了两份花生汤，出了店门边走边吃，也不失悠闲和惬意。

海蛎煎，是在中山路一个窄窄的小巷里找到的。据说这家叫莲欢的小吃店，生意很好。看着店主手脚麻利地把海蛎、地瓜粉、盐、胡椒粉、韭菜等等原料倒入平底锅中煎炒，不一会一盘热气腾腾的海蛎煎就端上了桌，再拌上色彩红艳的甜辣酱，真是鲜辣可口，妙不可言。

还有烧仙草，这是厦门独具特色的冷饮美食，不可不提。烧仙草传自台湾，据说以台湾九华山的仙草干而得名。过去人们吃仙草，主要是把它切成小方块，再简单地加上糖水和碎冰。

正宗烧仙草是使用仙草去熬煮的，制作时需将仙草干，人工搓洗干净，再放入大锅煮，提炼八小时，将仙草所含的胶质慢慢熬出来，浓稠度要控制得宜，经过滤后的原汁再加入少许糖及太白粉，再经过煮沸后保温。最后放凉凝结成冻晶体状，吃的时候再加上冰块，非常爽！如今市面上流行的烧仙草里面加的配料各有不同，以大红豆、小蜜红豆、蜜绿豆、芋头番薯圆、凉圆、小汤圆、薏仁、麦片、龙眼肉与八宝等为主。由于烧仙草具备去干降火，美容养颜的功效，备受当下女性的青睐。

在厦门，最有名的当属八婆婆烧仙草。在中山路，还有一家鲜芋伯，味道也不错。

哎，厦门美食实在是太多，还有很多，吃累了，也讲累了，就此收笔。朋友们，要想知道厦门到底有多少美食，亲自去体验一下吧，呵呵。

闹市中的清修之地

——父子相伴走天涯之五

去厦门之前就有朋友再三提醒我，千万可别忘了去厦门大学看看。我也想让儿子感受一下大学校园的氛围，于是厦大便成了此行的一个特殊景点。

从中山路到厦门大学也就几站路，下了公交车，远远望去，古朴庄重的校门大气而不张扬，在闹市中别有一番意境。正是八月，大学放假，校园里自然没有几个学生。但是厦大的自然环境和人文景观，还是给我留下了深刻的印象。

一进大门，便可看见宽阔的校园里，别具一格的雕塑、高大的建筑物和林立的热带树木依次排开。令人称奇的是，校园正中间，是人行道，左右两边，是机动车道。游人散步其间，大可不必担心来往的机动车，心中自然多了份轻松和惬意。可见，以人为本的思想在厦大根深蒂固，潜移默化。

在绿树掩映间，一个眼熟的身影吸引了我，仔细一看，竟然是鲁迅先生雕像。看了校史，才知道，原来鲁迅先生曾经在此任教。还有很多在中国历史上大名鼎鼎的人物，都和厦门大学大有渊源，比如文学大师林语堂、诗人余光中、学者李敖，诺贝尔奖得主杨振宁、李政道等人，这一发现，更让我感叹不枉此行。和鲁迅先生雕像合影自是必不可少的仪式。

随即参观的厦门大学人类学博物馆又让我惊叹不已。厦门大学人类学博物馆是中国人类学、考古学、民族学专科性博物馆，也是中国大陆唯一的一所人类学专科博物馆，被联合国教科文组织认定的著名博物馆。该馆现有七个展室和一个碑廊，共有近六千多件文物，包括旧、新石器时代、商周、战国秦汉、魏晋南北朝、隋唐五代、宋元明清的文物，以及少数民族、闽南风俗、南洋民族的文物，还有从猿人到现代人进化的系列模型和碑廊。陈列品展示人类及其文化的进化，侧重展示中国东南区文化和南洋文化。这个博物馆的历史，和厦门大学的建立有着类似的经历，厦门大学是由著名爱国华侨领袖陈嘉庚先生于1921年创建，而这所博物馆则是我国著名人类学家林惠祥倾其一生而创办的，于1953年开馆。

出了博物馆，校园的一侧是恬静的芙蓉湖。沿湖缓行，芙蓉湖畔的"自强不息，止于至善"校训石别具一格，这是创建厦大时陈嘉庚先生亲自制定的办校思想。"自强不息"一词最早出现在《周易·乾》中，意为自觉地积极向上，奋发图强，永不懈怠。"止于至善"语出《礼记大学》：大学之道，在明明德，在亲民，在止于至善。勉励人们通过不懈的努力，达到十分完美的境界才停止。如今近百年过去了，这古朴的校训，却永恒于世间，激励着一代又一代莘莘学子和游人，奋发图强，上下求索。

更令人称奇的是，游完厦大校园，出门相连的竟然是南普陀寺的入口处。我与佛家无缘，只是带着儿子匆匆掠过，如惊鸿一瞥，对此没有留下太多的印象。不过居于闹市之中却又背靠俊秀挺拔的五老峰，山中静谧，香火袅袅，倒是让人不由得心旷神怡，悠然无我。我想，这不正合道家"左青龙，右白虎，前朱雀，后玄武"的风水宝地之说吗？

看着熙熙攘攘的游人，站在山顶俯瞰着厦大校园和南普陀寺的全貌，不禁感慨万千。高等学府和佛家圣地毗邻而居，在现代化的都市中却显得那么和谐自然，让人不由地想起古人"大隐于市"的境界。难怪南普陀的佛学得以弘扬，厦大的现代学科也在与时俱进。

我想万事万物，最高境界应该是和谐相处。

旅途中的地理实践

——父子相伴走天涯之六

在集美公交车站等车的时候,电子屏上的一个票价吸引了我:到蓬莱的票价竟然只有二十五元。怎么可能呢?记得前年我还去过山东的蓬莱,离集美至少也在千里之外吧?

这个疑问还没有解开,不久在去泉州的途中又经过惠安,更是诧异不已。因为在我的记忆里,闻名世界的惠安应该是福建,可是从青岛返回新疆的途中,也经过了一个名叫惠安的小站,当时心存疑虑,可是随着繁忙的生活,没有时间去较真。可是这次,我下定决心要搞清楚。

回到家,第一件事就是在网上查找相关资料,以解心头之惑。真得感谢伟大的网络,很快就有了答案。首先是蓬莱,百度的文字介绍如下:蓬莱属山东省烟台市,地处胶东半岛最北端,濒临渤、黄二海,东临烟台,南接青岛,北与天津、大连等城市及朝鲜半岛隔海相望。辖十二个镇(街)、一个省级经济开发区及一个省级旅游度假区。可见,这是我们大家所熟知的,传说中的蓬莱仙境。

再查,福建蓬莱,才知道原来此蓬莱是铁观音之乡安溪县下辖的一个乡，难怪从集美到蓬莱车票只有区区二十五元，心下释然。

接着是惠安之疑。百度词条第一条作如下介绍：惠安县，位于福建省东南沿海中部，泉州湾和湄洲湾之间，与台湾隔海相望，是闽南著名侨乡和台湾汉族同胞主要祖籍地之一。素有"海滨邹鲁""雕艺之乡""建筑之乡""渔业强县""食品工业强县"之美誉。可见这个才是大名鼎鼎的惠安女所在地。

那么，山东的惠安又是怎么回事呢？费了很大劲，最终查到一些零星的词条，知道是属于济南市下辖的一个县，好像盛产驴胶。

终于搞清楚了两个重复地名的由来和地理位置，心中感慨不已：看来古人云"行万里路，破万卷书"，真是言之有理啊！

拜谒茶都

——父子相伴走天涯之七

作为一个铁杆茶友,去拜谒铁观音之乡安溪,一直是我心中的夙愿,这次福建之行,岂能放过千载良机。

到安溪县城下了班车,感觉有些失望,在山谷间一溜老旧的私建二层小楼,没有我想象中的气派和现代。打的到了有着"中国茶都"之称的铁观音集散地,偌大的市场里同样是空荡荡的,没有一点人气。一打听,原来春茶早已上市,秋茶尚未采摘,正是青黄不接之时茶都自然冷清。倒是家家户户门口坐满了挑拣茶青的老人小孩和浓浓的茶香味印证着茶都的名不虚传。

接到我的电话,在淘宝上认识的茶商王春把我和儿子请到店里品茶,虽然是第一次见面,但是有茶为媒,几位萍水相逢的茶友一见如故,相谈甚欢。傍晚,来到王春为我预订的茶都大酒店。这酒店价位不高,开窗与绿色山峰迎面,大龙湖水缓缓流过,令人心旷神怡。趁着夜色沿湖散步,细细品读两岸防洪堤的花岗岩护栏上镌刻着的古诗词,不禁为这"十里诗廊"叫好。看样子安溪的领导层为了弘扬中国传统文化,发展旅游业颇费了一番心思。

既来之则安之，第二天经茶友指点，我们找到了一个本地茶农自产自销的小市场，里面却也热闹。见我们到来，立即有几位茶农围了上来，本不打算买茶，见一位老妈妈背着一袋茶跟在我身后，动了恻隐之心，便停下来让她打开茶袋询问。见我们有买茶的意思，老妈妈很是开心，极力向我推荐她家的茶。看我将信将疑，旁边一位卖开水的帮腔道：你可以上二楼去先品尝一下再决定买不买啊？我这里一壶水也就两毛钱。真是为茶都人的周到服务点赞！于是花两角钱提了一暖瓶开水上得二楼，已有一些茶农在和客商一起品茶、商谈。我们选了一张桌子坐下来品茶，喝了三泡，感觉还不错，加上老人家一脸期盼的神情，我不忍心拒绝，便买了半公斤春茶。言谈间得知我是新疆伊犁的，旁边一位茶商有些惊奇：真是巧了，你看，我这里才给你们伊犁的一位老茶客寄了茶叶！我一看包裹单，果然是伊宁市某局的一位茶友。感慨世界之小，于是立即成交，又买半公斤。立即便有人上前询问，是否需要包装？一毛钱一袋。有如此便利的服务，我自然是开心接受。喝着茶，不一会我买好的一公斤茶就全部灌装成了每袋七克的包装，就地填了单子，邮寄回家。现代的商业和物流真是方便到家了！

　　出了市场，时间尚早，我便和儿子沿街溜达，想看看茶都的风土人情。突然看见一溜百货店的中间有一家"李光地茗茶"的招牌古香古色，十分惹眼，我便拉着儿子一起步入其间。立即有身着旗袍的茶师迎了上来，邀请我们落座品茶。

　　品着清香的铁观音，听茶师对李光地品牌的介绍，我才知道原来清代名相李光地的老家竟然是安溪人，所以也有"安溪先生"的雅号。才看完电视连续剧《康熙大帝》，对李光地的爱国和韬略记忆犹新，不由得对品牌的创始人心生敬意。正说着，总经理王庆走了进来。

互相问候之后，我感觉他的口音很亲切，一问，原来是四川人，而且离我的祖籍很近，更是惺惺相惜，品茗论道，一见如故。原来王庆在老家本是电力企业的干部，2000年初不甘于平庸的他辞去了公职，来到福建，先是在有"品牌之都"的晋江做职业经理人，后来认识了现在的妻子。两人结婚之后，常听岳父母感叹茶不好卖，王庆遂对茶叶销售产生了兴趣。经过市场调研，他决心放弃晋江的事业，全身心投入到铁观音的产业中来。在他的规划下，妻子和父母一起负责种植管理和传统的批发业务，而自己专门负责品牌策划和加盟服务。

通过对安溪的茶文化和历史名人仔细研究，王庆产生了一个大胆的想法：铁观音和李光地都是安溪的名片，若能将两个融为一体，不就是一张安溪新名片吗？经过查询发现"李光地"还没被人注册，再三咨询评估，2008年初"李光地"茗茶商标正式注册面世。

很快，凭着深厚的历史文化效应和过硬的质量，李光地茗茶就在业界崭露头角，被评为中国铁观音十大连锁加盟品牌，并多次在农博会和茶博会上获奖。

作别王庆，我感到不虚此行，安溪的茶文化，使我想到家乡的特产薰衣草、树上干杏等，如果用这种全新的理念去打造、经营，一定会锦上添花，成为四师的新名片。

又记：此文为2010年夏和儿子一起赴厦门游记中的一篇，由于疏忽，写好后文件丢失，时隔六年又莫名其妙出现在硬盘里，这才得以面世。

真假南少林

——父子相伴走天涯之八

在泉州住下后,我和儿子尚无目的,记得泉州港是古代海上丝绸之路的起点,也是世界航海史的一个象征和标志,便想去港口看看,可惜一打听,离我们住的地方尚远,只好作罢。

在宾馆无意中翻阅一本导游手册,突然发现此地竟然是南少林所在地,不禁大喜过望,出门打的前往。想起年少时看过的电影《少林小子》和《南北少林》,好像南少林是在福建莆田,便将心中疑惑倒出。没想到出租车师傅竟然对此段历史了如指掌,滔滔不绝给我讲述了一段真假南少林的故事。

因为南少林在历史的长河中毁于战乱,新中国成立后,一些历史文物专家和民间少林迷都在寻找少林寺旧址,并千方百计论证自己的所求,于是在福建掀起了一股真假南少林的争论之风。据说泉州人一直人为自己是正宗的南少林旧址,主要的依据是一本叫作《西山杂志》的记载:"智空入闽中,建少林寺于清源山麓,后十三落,闽僧武派之始焉",记载了泉州少林寺的起至,十三棍僧智空到闽中来,这大约是福建武术的起源。书中记载泉州少林寺的规模宏伟,有十三进,围墙三丈,寺僧千人……但《西山杂志》只是一本族谱里附的野史，因此很多学者并不认可。好在有专家又找出了明史中"温陵棍棒手扑妙绝天下"的记载和清末成书《少林拳术秘诀》："斯时国内有两少林，一在中州，一在闽中"。经过大量考证认为：此"闽中"少林即泉州少林，从而奠定了泉州南少林的地位。

据出租车师傅说，一千多年来，泉州古寺历尽沧桑，从唐代到清代，历经三兴三废，清乾隆二十八年（1763年）乾隆帝下令，泉州少林寺第三次被毁，"从兹无复敢修者"。但是泉州籍的爱国华侨遍布海外，为了弘扬佛法，宣扬家国精神，自20世纪90年代起纷纷捐资，重建南少林，经过多年不辍的坚持，一个气势宏伟的南少林寺院群落便坐落在清源山之东岳山麓。

而1990年同处福建下辖的莆田市林山村称发现南少林寺，并在人民大会堂举行新闻发布会，根据林泉院遗物、历史资料、民间传说，以及北少林寺高僧的口碑资料、所在的地理位置，从僧兵、天地会武术资源、历史人物等多角度进行探讨，认为林泉院就是苦苦寻觅的南少林寺。但莆田搬出的文字记载历史资料有《八闽通志》《洪门史》、天地会的资料，最重要的是一块刻有"僧兵"的石槽，他们认为只有少林寺有僧兵，有僧兵记载的一定是少林寺。但经过相关专家的考证，是否是"僧兵"二字还有质疑，况且有僧兵也未必就是少林寺。所以莆田也拿不出更充分的证据证明。

那么，究竟谁是正宗的南少林呢？面对我的疑问，出租车师傅是这样解释的：估计是怕再被政府破毁，可能当年南少林的弟子们故意在福建各地修建了很多庙宇，真真假假难以辨认，以迷惑世人，保全真寺。我想，这个说法倒是有些道理，不仅对博学多才而又有独到见解的师傅另眼相看：果然是高人在民间啊！

游览中果然见气势雄伟的各寺院门口都立有功德碑，清清楚楚地记录着各地爱国华侨和国内泉州籍商人出资捐助的时间和资金数目，很多海外华侨的捐资数目，令人咋舌。

为了印证出租车司机的说法，我们回到宾馆上网一查，果不其然，福建各地，纷纷抢注南少林，除了泉州和莆田，还有福清、仙游、东山、诏安等七八处寺院各不相让，闹得沸沸扬扬。

我想，不管南少林真假与否，泉州人深爱自己祖国和家乡的这种精神，值得弘扬和传承。如果我们每个人都能如此，何愁我们的祖国不越来越强大！

一个单身父亲的亲子日记

摔着长大

儿子，当我那天看见你的第一眼时，就觉得你有些奇怪。虽然，我的眼睛有些近视，看不清你的表情，可我仍然感觉到了你的迟疑，你没有像往常那样听见我的喊声就像张开翅膀的小鸟欢快地扑向我，用两只稚嫩的小手搂住我的脖子喊我："爸爸，爸爸……"

当你听见我的喊声从游戏的孩子中间走来，犹豫着一步一步挪向我的时候，我还是越来越清楚地看到了你那肿胀变形的小嘴唇。我立刻明白了你见了我并不欣喜的原因：或许是怕我骂你调皮，或许是因为你刚刚受了伤痛的原因心情好不起来吧，我不得而知，我哪有心思去问这些呢！

我只能心疼地抱住你，蹲下身子仔细地查看你的伤口：嘴角破了，缝了两针；本来就被蛀虫侵蚀得若有若无的小黑牙断了一颗；嘴唇内侧还有两个高高鼓起的白色肿块。

"怎么回事？儿子。"我用颤抖的声音问你。

"从健身园的单杠上摔的。没事，爸爸，我已经不痛了。"你像个小大人似的安慰我，并且用那受了伤的小嘴含糊不清地向我描述着自己从单杠上跌落的"壮举"。

我能说什么呢？儿子，爸爸有的只有内疚，从出生到现在，快六年了，你摔了多少跤我已经记不清了。可我能记住的，是你这张小脸上永远抹不去的几处疤痕和爸爸照顾不周给你带来的伤痛。你的左边额头有一个疤，缝了三针。那是三岁多时，你兴奋地在家里的客厅"滑冰"，一不小心撞到暖气片上留下的印记。当时我正躺在沙发上看电视，你一个人自得其乐。你的右边额头上也有一个疤，那是你四岁多在健身园和小朋友玩耍时，摔到了坚硬的路沿石上留下的"纪念"。当你的奶奶气喘吁吁地抱着满脸是血的你冲上楼来时，我觉得自己像是中了弹的呆鸟摇摇欲坠。有了第一次缝针经历的你扯破了嗓子拼命地喊："爸爸，求求你了，我不去缝针！"我能说什么呢？只能看着你的妈妈小心翼翼地为你清洗伤口，简单包扎。你的伤口渐渐愈合，可伤疤却永远留下了，左右额头各一个，像两个对称的象形文字，时时敲打着我的心灵。我天天用薰衣草油为你涂抹伤口，希望他们早日消退，也希望以此来减轻自己的内疚之情。

可是这次，你摔得这么重，爸爸竟然不在身边，你却还在担心爸爸责骂你，还在安慰爸爸，爸爸能说什么呢？

我只想说，儿子，你没有错。你就像草原上无忧无虑的小羊羔，高兴了就要跳跃、就要奔跑，这就是你的天性。可是，只因为你太小，你不知道人生还有许多凶险，不知道这世界上还有许多沟沟坎坎在等着你。

这就注定了你要一次次摔跤，一次次哭泣，一次次伤痛……

我的孩子，经过一次次摔打，你是真的懂事了。虽然，你毕竟是个小孩子，你活泼好动的天性注定了你还要摔很多跤，我不敢想象，今后你的身上还会留下多少伤痕，可你确实在一天天长大，从你一次次摔倒，一次次勇敢地爬起来对我说："爸爸，我不怕疼……"你那童稚的声音永远回响在我的耳畔。

是的，你不怕疼，虽然说这话时我分明看见你眼里亮亮的泪花。可是我相信你今后摔的跤会越来越少，直到不再摔跤，我相信在摔跤的过程中你终于会长成一个坚强、勇敢的男子汉的，我的儿子。

因为，你比别人多摔了些跤，你的身上比别人多些伤痕，这是生活给你的馈赠。

又记：我的儿子于2006年4月19日受到沉重的一摔，是以记之，表示为父的内疚和歉意。

儿子给我的震撼

离婚几年了，无论悔与不悔，都走过来了。可是这几年里儿子留给我的一幕幕往事，儿子为了挽救这段婚姻所做的努力，让我感到无地自容，让我感到心情沉重。

我和前妻的感情出现裂痕的时候，儿子才四岁多一点。记得有一天，儿子很认真地对我说："爸爸，为什么你老和妈妈吵架呢？"我不知道该如何面对儿子那双清澈透明的眼睛，只能对儿子说："儿子，是爸爸不好，是爸爸对不起你和妈妈。"

"那你不要对不起我和妈妈好吗？"

我无言以对。我不能对儿子承诺，可是我也不能对儿子说谎。因为我常常告诉他，说谎的不是好孩子。

第二天，我送儿子去幼儿园。走到半路，儿子眼泪汪汪地告诉我说,爸爸,昨天晚上我做梦了。

你做的什么梦啊?这么伤心。我梦见你对不起妈妈和我了。

我无语,只是把儿子搂得更紧了。我知道,我的过失,将永远在儿子的心里留下阴影。

也许是感觉到了什么,在家的最后半年里,儿子一步也不愿意离开我。有一天晚上,儿子的铅笔没了,非要闹着让我去给他买。我只好下楼。在超市逛得久了,儿子的电话好似十二道令牌,一个紧接着一个。回到家我问儿子"你为什么不睡觉啊,非要等爸爸回来。"儿子说:"你不回来我睡不着。"

"那以后爸爸不在了咋办啊?""唉!"听了这话,儿子躺在床上长长地叹了一口气。

"怎么了啊?儿子。""真可惜,我以后就要没有你这个好爸爸了!"

听着儿子与年龄不相符的成熟语气,我的心里说不出的内疚。"儿子,不管今后爸爸在不在你身边,你都要记住,爸爸永远都是最爱你的,好吗?"

"记住了,爸爸,不管你在哪里,我都会想着你的。"儿子说着,懂事地搂着我的脖子。我小心地拍着他,看着他渐渐发出轻微的鼾声。

2005年的10月20日,是我出差近一个月赶回家的日子,这一天也是我的生日。晚上搂着儿子好好睡了一觉。第二天是个星期天。儿子一直睡到自然醒,第一件事就是看看我在不在身边。当他看到我还在陪着他睡觉时,很开心地发出感慨:"爸爸,要是你天天都能这样陪我睡觉该多好啊!"

我无言以对。其时,我和他妈妈已经离婚,只是放不下孩子,而又在原来的家中滞留了半年。

再后来，儿子终于知道了我和他妈妈离婚的事实。在2006年1月的一天，我趁着酒后的勇气，回去搬出了我唯一带走的儿子睡了五年多的小床。儿子显然预感到了我这次离开的后果。他抱住我的腿拼命地哭："爸爸，我不让你走，我不让你走！"我忍不住抱起了儿子，直到把他哄睡着才让搬运工把我的行李搬走。临走，我看了看泪痕未干的儿子，想象着他醒来后找不到爸爸而号啕大哭的样子，心里难受极了。我想，自己真是个不负责任的父亲，因为我的过错，却让儿子幼小的心灵承受这不该承受之重。

刚离开我那阵，他很不适应，几乎天天晚上给我打电话，哭着让我回去陪他睡觉。渐渐地，他在我的电话里接受了这个现实，能够自己入睡了。可是，希望我和他妈妈和好的愿望却一天也没有在他幼小的心灵里泯灭过。每当我带着他出去和朋友聚会，他都会无限向往地说，爸爸，要是你能和妈妈一起带我玩那该多好啊！看着儿子清澈的眸子，我只能无力地重复着那句在他面前说了无数遍的老话："好孩子，不管爸爸和妈妈在不在一起，请你永远记住爸爸和妈妈都是最爱你的好吗？"

可是在我的心里，这句话是多么的苍白啊！儿子是这样幼小，却是那么努力地想挽救这个家庭。作为一个背叛了家庭的父亲，我却不能去帮助儿子实现这个愿望。我只能在心里默默地责怪自己：儿子，对不起！我不是你心中的好爸爸！

在我的梦里，常常被儿子的呼唤惊醒：爸爸，你要是能和妈妈和好该多好啊！儿子充满期待的眼神，像针一样扎着我的心。

我不知道，在我临终的那一天，我会不会像某些电视剧的结尾一样拉着儿子的手对他说："爸爸这辈子对不起你和你的妈妈！"可是在我的心里，这句话已经说了千遍万遍。

但是我只能说对不起，而没有勇气去改正自己的过错。因为我明白，有些错，是无法改正的。

该不该打儿子

该不该打儿子？最近这个问题在我的心头不停地萦绕，似乎成了和困扰王子哈姆雷特一样严重的问题。儿子实在是太调皮了，有时候不打不足以平吾恨。可是打过之后呢，往往又是满心的内疚，觉得很对不起儿子。于是乎，这个简单的问题就一而再再而三地在我的脑海里盘旋，始终没有答案。

就拿昨天晚上来说吧，我带着儿子到朋友家去聚会。儿子很懂事，早早吃饱了就一个人在客厅玩，没让我操心。朋友们都说儿子乖，我也觉得很欣慰。可是最后发生的事却让我哭笑不得，儿子也因此又得了我的一顿暴打。

因为聊得开心，一晃时间就过了子夜零点，大家握手告别。一出朋友的家门，儿子晃了一下就不见了，我喊了几声，没有回应。我想，这小调皮又在和我捉迷藏，就没有在意，继续朝大门走去。可是出了小区大门，等了一会依旧不见儿子的身影。这下可把我急坏了，和朋友们一起返回小区，分头寻找。喊破了嗓子，找遍了每个角落，没有儿子的踪影。我的腿发软，甚至想到了某些电视剧里的恐怖镜头。

就在这时，我的手机响了，一看，是个不熟悉的号码，接通，传来儿子怯怯的声音："爸爸，你在哪里？"我的心一下子落在了肚子里。继而一股怒火冒上心头:"你在哪里?看我过来不打断你的腿!"儿子一听,"哐"的一声扔了话筒,没了声音。没办法,我打过去一问,是离小区不远的一个公用电话亭。我急急赶到,儿子已经不见了踪影,只好按照亭中老人的指点沿途追去。没追多远,就见儿子在路灯下徘徊。一见我气急败坏的样子,儿子就惊恐地用双手捂住了头:"爸爸,你要干啥?不许打我!"我可管不了那么多,上去按住他往屁股上狠狠地一顿巴掌。儿子哭喊着叫道:"爸爸坏,爸爸虐待儿童!"回到家儿子就含着泪钻进了被窝,气鼓鼓地用被子蒙住了头。

　　第二天早上,儿子一起床就委屈地说,爸爸,昨晚我是想到小区的小门口等你的!其实我也一夜没睡好。对儿子说:"儿子,爸爸打你不对,可是你知道昨天晚上找不到你爸爸多着急吗?""爸爸,我错了。以后再不乱跑了"这时候,我的心里,又是无比的痛楚,蹲下身子搂住儿子的肩膀,轻轻地拍了拍:"好儿子,是爸爸错了。爸爸以后再不打你了。"

　　这样的情形在我和儿子之间还发生过多次,比如学习时老贪玩啦,不听话啦,等等。当然,现在我对儿子动手的机会是越来越少了,因为我觉得调皮和好奇是孩子的天性,老是压制,会影响儿子的正常心理发育。再者,我的儿子是个很有爱心的小人,性格活泼,乐于助人,而且很体贴父母。因为我的过失,让他失去了完整的家庭和完整的爱,可是他依然在时时关心着父母。每每听着儿子对我关心的话语,我就觉得愧对儿子,心想,不能再坚持咱老祖宗的"棍棒教育"理论了。

　　如今,我和儿子成了无话不谈的好朋友,虽然我不能再给儿子复原曾经的家庭，但是儿子始终觉得爸爸妈妈都是那样的爱他，他已经完全度过了心理上的障碍期，整天生活在幸福和快乐中。他不仅常常对我说，爸爸，你赶快给我找个后妈吧，我也要像《家有儿女》里的小雨一样，而且他还常常在小朋友面前以父为荣，得意地说，我爸爸是夏东海呢！

写给儿子的信

我的儿子：

　　给你写这封信，是爸爸想了很久的事情。这几年，爸爸身边的朋友一个个英年早逝，更让我深刻感受到世事无常。爸爸也无法预料当明天的太阳升起，还能不能见到你，也不知道能不能一直陪着你，看着你走完高中、大学、工作、娶妻、生子的人生历程。爸爸最怕的，就是有一天自己突然离去，甚至来不及和亲人告别，来不及给你留下一句嘱托。所以，当我把我想要说的，都留给你，即使那一天真的突然来临，爸爸也能无憾而去，含笑九泉。

　　没想到就在这封信才开了个头的时候，爸爸却突然因为急性胆囊炎住进了医院。由于之前的忽视和拖延，小病差点酿成大错，经历了一次生与死的考验，也让我更加感到给你写信这件事刻不容缓。

　　好了，现在言归正传，和你聊一聊爸爸想说的话题吧。

　　首先，爸爸感到十分欣慰，你是个善良的孩子。这一点，是做人的根本，你已经拥有。爸爸这辈子感到最遗憾的就是没有从始到终给你一个完整的家庭。在你五岁的时候，爸爸就和你的妈妈离异了。当然，无论找怎样的理由，爸爸都无法推卸自己的过错。这让你幼小的心灵承受了不该承受的痛苦和忧愁。爸爸永远记得你曾一次又一次充满希望地说："爸爸，你要是能和妈妈和好该有多好啊！"可是有些错，是没有机会去改正的。就像人生，只有去程，没有归途。当你知道爸爸和妈妈不能复合的现实之后，总是用我给你说过的那句话来安慰我，"我知道，虽然咱们一家人不能在一起，但是爸爸妈妈都是最爱我的！"在很多时候，你总是左右为难，既担心爸爸，又放心不下妈妈。当你想到或者看到一些人生危险的时候，总会第一时间给爸爸打电话，提醒爸爸注意安全，有时候，甚至是三更半夜。这让爸爸感到内疚和心疼。难为你小小年纪就为爸爸妈妈不停地操心。

你从小性格活泼，乐于融入陌生的环境。这一点，要感谢你的妈妈，她没有因为爸爸的过失而在你面前不停地指责和抱怨。正因为如此，和很多离异家庭的孩子相比，你幼小的心灵里还是充满了阳光，无论走到哪里，你都能够开心快乐地结交新的小朋友，用笑声赢得大家的喜爱。如今，你已经进入青春期，爸爸能感觉到你的变化。随着学习压力的增大，你渐渐变得沉默寡言，有时候对爸爸也是欲言又止。但是当爸爸发觉你有心事的时候，你还是能和爸爸认真沟通。更让爸爸感到自豪的是，你懂得谦让和尊重。随着爸爸组建新的家庭，我们的家庭成员变成了四个。面对姐姐的强势，你总是能够以宽容和忍让化解矛盾。看着继母的辛苦，你能够把她当作自己的母亲一样叫"妈妈"。爸爸知道，你能过心里那道坎，是有些不容易。当然，这里面也有你姐姐的"功劳"，或许她的"示范效应"对你也有所触动吧。

虽然爸爸觉得你很棒,但是不可否认,你身上也有不少缺点。当然,这一点爸爸也有不可推卸的责任。因为从小你一直由外公外婆带着,后来又因为爸爸和你妈妈的离异,在小学最重要的养成教育阶段,爸爸无暇顾及你的学习,以至于你没有养成良好的学习习惯,从小学到高中,老师总是反映你上课不能集中精力听课。不过,随着一天天长大,爸爸可以感觉到你也在不断努力去改正这些缺点,高一期中考试你能从普通班考进重点班,这就是最好的证明。这件事也让爸爸看到了你的潜力和你付出的努力。

其实对于学习,爸爸一直没有给你太大的压力。我始终认为,只要你努力了,就达到了目的。这也是爸爸和你沟通时让你考量自己的标准之一。现在爸爸最担心的是你的健康。你们这一代孩子,面对的诱惑很多,电视、电脑、手机,动漫游戏和电视节目等等吸引着你的眼球,肯德基、麦当劳、红烧肉等等过剩的营养和垃圾食品侵蚀着你的身体。所以你面临的就是视力不断下降和体重不断上升的困惑,虽然爸爸一次又一次告诫你,但是收效甚微。看着一个个因为肥胖而过早患上富贵病甚至影响生育健康的病例,爸爸焦虑不已,一次次提醒你,甚至是对你发脾气。可是即使这样,仍然有很多不了解情况的人指责爸爸不关心你,让爸爸有口难辩。

人生很长也很短,但是无论长短,我们都应该有自己的目标,并为此而努力奋斗,这样你才会感觉到生活的乐趣和价值。那么,就存在一个问题,怎样才能实现自己的目标。我想,无论是短时期的愿望,还是一辈子的理想,都需要坚韧不拔的毅力和恒心来支撑。这也是爸爸担心你的一个方面。上小学时，你说想学美术，爸爸就给你交了学费，可是没学几天你就给自己找借口不再去兴趣班；你说想学吹葫芦丝，爸爸立即给你买回来，可是没几天葫芦丝就找不到了；还有英语辅导班、数学辅导班、作文辅导班，为了你的学习，爸爸可谓绞尽脑汁，而且每次都是征求你的意见得到你的同意。可是几乎无一例外效果都不明显。这时候爸爸在反省自己，这究竟是怎么回事？或许，根子还是在我这里。古人语，子不教，父之过也。可是，即使我给你找到了名正言顺的理由，以后的日子还得你自己过啊！细节决定命运，你的每一个生活习惯都会影响你的未来。你想想，一个总是半途而废的人，如何能胜任自己的学习和工作？或许有一天爸爸会突然离去，失去了依靠的你拿什么安身立命？所以爸爸希望你能从现在开始，一点一点地去进步，改掉自己的坏习惯。当然，爸爸也已经看到了你的努力，你的书桌前贴着的一句句警句，是你的决心。爸爸希望每一个词句，都能变成现实。这，还是需要恒心和毅力。加油吧，儿子！

儿子的选择

新的一学期开始了,儿子因为考试成绩不理想,又从重点班被刷到了平行班。这个过程,让我和儿子都纠结了一把,也产生了一次碰撞。

虽然是儿子在上学,但是操心的是老子。有了孩子之后,我是深深地理解了"儿行千里母担忧"的古诗。当儿子忐忑不安地告诉我开学考试成绩退步很大的时候,我并没有过多地责怪他。虽然,放假前老师再三强调寒假复习的重要性,我也一遍又一遍地提醒儿子好好复习。但是,如今木已成舟,一味地训斥他于事何补?从小学到高中,我几乎没有为儿子上学的事走过"后门",按我的本意,是顺其自然的好。

但是这次有些不同,朋友们都说孩子到了最后冲刺阶段,进不进重点班结果会迥然不同。其实对这个观点我是不太认同的。记得儿子因为考试成绩提高而从平行班调整到重点班的时候,我正在住院。偶尔看到儿子的QQ空间,竟然是种种压抑和沉重的心情。一问之下,是因为不喜欢、不适应重点班的环境造成的。我想,竟然不喜欢干脆就回原来的班吧?这应该不难。可是儿子却说,算了,我慢慢适应吧。于是不了了之,直到这次大幅度的倒退。

思前想后，我想还是动用一下自己的关系吧。给老同学打了个电话，对方自然是一口应承。心里有底了，我又和儿子交谈，自然是告诫他无论调不调整班级，都要接受现实，吸取教训，好好学习。没想到第二天却出了差池，儿子被通知调到了平行班。我想这也没啥大不了的，但是无论如何，要告诉老同学这个结果，免得他蒙在鼓里。没想到他反应比我强烈，非要翻牌不可。

第三天上班不久，我就接到了平行班老师的电话，说教务处通知儿子回重点班，儿子却不愿意回，问我该咋办？我说那就尊重儿子的选择吧。老师很慎重，告诉我说，你还可以考虑几天，放学了和儿子再好好谈谈，他如果愿意回去还有机会。结果如我所料，儿子坚决不愿回重点班。我问他，那么刚调到重点班时爸爸看你不适应，想让你回到平行班，你为什么又不同意呢？儿子的回答真是出乎我的意料："因为我心里明白其实你还是希望我留在重点班！"听到这话我的心里暗暗震动。不是因为欣慰儿子懂事，遇事能想到父母的感受，而是感到自责，没想到我们望子成龙的心会给孩子带来这么大的压力，宁愿自己不开心，也要满足父母的愿望。

其实在生活里，在新闻里，我见多了大专生、技校生收入高过本科生，甚至常常听到北大清华的高才生杀父弑母的负面新闻，但是我的心里还是不甘心，总希望自己的孩子成为一个既品学兼优，又健康活泼的人。但是鱼和熊掌兼得的好事似乎不多。儿子现在学习成绩不尽如我意，性格也变得郁郁寡欢，整天愁眉苦脸闷闷不乐的。我想，这即使不能算是中国教育的失败，至少是我的失败。

　　我想，既然鱼和熊掌不能兼得，我宁愿只要一个健康快乐的儿子足矣。当我小心翼翼打电话给老同学诉说我的想法时，话到一半就被他打断了：你们这些人啊，真是不负责任，太迁就孩子了，这事没商量，你啥也别说了，让他明天就回重点班去！唉，我想老同学对我是恨铁不成钢啊。我以后只能让他斜着眼看我了。

　　我想，现在我要做的就是，努力引导儿子每天都能开开心心，养成良好的生活习惯，做一个快乐的高中生。至于学习，我看了平行班班主任的微信，儿子正在积极准备参加班里的励志演讲，每天的上学路上也开始坐在车上默默背诵英语了。

　　生活的快乐取决于你对生活的态度，而不是追逐的结果。儿子，爸爸只想让你明白，不管结果如何，你确定了目标，就要持之以恒，坚持向着自己的目标靠近。努力，是我们一生都不应该放弃的态度，这很重要。

一切都是最好的安排

老天似乎有意和我过不去。就在沿海之旅即将成行的时候，我的身体却不断出现状况。先是莫名其妙地发烧，好在吃了点药很快就好了。接着是吃饭时不小心被一块石头咯了牙，疼得见着硬食就躲。难道是老天嫉妒，不想我让去南方休假？我恨恨地想。

工作这些年，也利用出差的机会走过很多地方。可总是觉得行色匆匆，没有静心，也没有尽兴。于是2015年初就下定决心要寻一僻静之地，告别尘世之烦恼，与大自然来个亲密接触。可是忙碌了一年，因为总有这样那样的牵绊，休假日期一拖再拖，眼看要到年底了，我再也忍不住，预订了机票，打算直飞沿海，找一小岛，发发呆，看看海，吃吃海鲜，以犒劳忙碌了一年的自己。

计划出发的日子是11月8日晚，先坐火车，抵达乌市换乘飞机。7日晚饭，妻子专门做了我爱吃的水煎包子。刚坐上餐桌，手机响了，一看，是二姐的电话，听我上次回家说胃不舒服，才在电视里看了相关知识，嘱咐我不可小觑，一定要去医院检查。我连忙回答说，检查过了，没大问题，请她放心。

放下电话,我对妻子说:真是奇怪,二姐从来不打电话,今天是怎么啦?

妻子的厨艺好,油汪汪的水煎包子吃得我心满意足。吃完饭,按老习惯下楼走路锻炼身体。还没出小区,肚子突然剧痛,真是哭笑不得:难道二姐的嘴就这么灵?说啥来啥!坚持着走完路回家还是不舒服。是夜,疼得翻来覆去睡不着觉,怕吵着大家,就悄悄来到客厅。站着、躺着、蹲下、趴着,换遍了不同姿势,腹部连着背部的疼痛丝毫不见减弱,那种疼法,难以描述,现在想起来额头还冒汗。直到天亮,才迷迷糊糊睡了会。听我说了症状,妻子不放心,拉着我去医院做了检查,说是胆囊炎,问题不大。听说我要出远门,医生给开了药,叮嘱了几句。也是奇怪,整个白天,胆囊停止了折腾,相安无事。

在同学群里聊了昨晚的感受,那真是生不如死啊!就有人劝我说:那就别去旅游了,身体要紧。我说,没关系,胆囊炎,小问题!可是想想前一夜受的罪,我心里直犯嘀咕:万一今晚又不行了那可咋办?!于是想,如果到了火车站,稍有不适,立即折返。打定了主意,心下稍安。

傍晚吃了"出门的饺子",免不了对两个孩子叮嘱一番,然后告别,妻子把我送到火车站,看看没事就先回去了,临走再三交代:感觉不对劲就别上火车了,立即回家。在候车室,看着密密麻麻的人头,我的心里忐忑不安,暗暗祈祷。终于等到检完票要上火车了,随着人流向登车的天桥走去。突然肚子一阵剧疼,大颗的汗珠子立即从额头冒了出来。想起前一晚上经历的折磨,我毫不犹豫,立即返身向站外跑去,过往的旅客用好奇的眼光看着我。

走到半路的妻子接到电话立即返回火车站接回了我,要立即送我去医院,可是我依旧怀着侥幸的心理,回到小区在车上休息了一会,还是坚持上楼回家了。吃了药,疼痛还是止不住,熬到深夜两点多,在妻子的督促下,只好赶往医院。

当那个睡眼惺忪的小伙子走出值班室的瞬间,我立即认出这就是九月份给我做体检的那个医生。

"胆囊炎,伴有细沙状结石。"

"怎么可能?九月份做体检时不是还一切正常吗?"听到这一诊断时我简直惊呆了。

听我这么一说,小伙子回过头认真看了我一眼说,"你叫什么名字?"然后在电脑里一查:"是啊,当时就有胆囊炎症状啊?"

听了这话,我简直连死的心都有了!究竟是医生当时没说清还是我没听清,现在已经无从考证了。

现在想想,2015年对我来说是诸事不顺的一年。其实从年初我的腹部就一直不舒服,甚至有两次都是半夜从睡梦中疼醒,因为持续时间不长,加上工作忙懒得去医院,就把病情疏忽了。到九月份单位组织体检时被告知胃部有溃疡症状,就找医生开了药,再没当回事。更为蹊跷的是,不知究竟是什么原因,最终我的体检单也没返回单位。接着是不小心受凉,腰椎间盘突出症犯了,一边治疗,一边买了个护腰系上,腹部天天隐隐作痛,却自以为是护腰太紧勒的。结果就在不知不觉中拖着胆囊炎的身体奔波了大半年。唉!我想,或许这就是命中注定,该有一劫,咱也就别怨天尤人了,听天由命吧。

问清楚状况后,医生两手一摊:"你看你,要是昨晚来,就立即上手术台，三天就没事了。可是现在你都拖了四十八小时，错过了最佳手术时间，只能先给你保守治疗了。"

于是值班护士立马按医嘱给我插了胃管，然后开始打吊针，说是要禁水禁食三天，为的是排空胃里的残留物，让胆囊停止工作，消除炎症后才能做微创手术。

大大小小十七瓶吊针打了整整一个对时才完。其间我疼痛难忍、高烧不断，护士小姐一晚上忙个不停，止痛针、安眠针、退烧针轮番上阵，却丝毫未见疗效，白天黑夜里熬着，我几乎一刻未闭眼。妻子也跟着煎熬，一脸蜡黄。第三天的晚上，半夜突然发了高烧，寒战不止。护士来一量体温，41.5度。妻子知道其中的厉害，赶紧给科室的领导打电话。不一会，科里的徐主任从家里匆匆赶来，问明了情况说，明早立即组织专家会诊！

想起十多年前一个同事的父亲就是因为一个寻常的胆结石手术出了意外，不幸告别人世，我隐隐感觉到，自己的情况也是非常地不妙。心里反而平静下来，给妻子聊起这些年的往事，聊起英年早逝的好友，把家里的事一一交代。这期间护士又按医嘱来给打了一支肌肉针，不一会我就开始大汗淋淋，像是在洗桑拿，连续换了两套内衣内裤，棉被也几乎湿透了。体温终于将下来，胆囊也不疼了，我感到浑身轻松。这时，天也大亮了。我开心地说："看样子打了几天抗生素现在才发挥作用啊，我感觉可以出院了！"妻子却一点也轻松不起来："你知道为什么这次把体温降下来了吗？因为医生实在没招了，给你打了氯丙嗪！"我不知道氯丙嗪为何物，听她这么说，知道自己是盲目乐观了，因为在医院工作的她最清楚我的病情。

上班后四师医院普外科最好的专家都来了，围着我会诊之后，决定立即手术。中午十二点，我被推进宽敞整洁的手术室。打了麻药，不一会就恍惚过去，只听见四周轰隆隆的战车声，我梦见自己身披铠甲冲向战场。现在想来，那是其他病人被推进来时的车辖辘发出的响声啊！

不一会醒来了，感觉似梦非梦。想说话，喉咙却被一口痰堵得死死的，想坐起来，浑身像是被捆绑着，僵硬得动弹不了。那情形像极了小时候梦魇的状况，甚至更难受。听到我含混不清的叫声，护士赶忙过来用吸痰器为我清理了口中的痰液，麻醉药开始慢慢消退，人也渐渐清醒过来。

这时我想起父亲临走的那几天，全身瘫痪，是怎样的难受！心里不禁想哭出声来。父亲一生中做过两次大手术，每次伺候父亲住院的时候，看着他一躺就是五六天不能动，我就在想，如果有一天我成了这样，那该怎么办？真是越想越害怕。没想到这么快就轮着我躺在床上不能动弹，不能吃喝，可是我也挺过来了。想想人生就是这样，没有趟不过的河，没有翻不过的山，灾难来临，害怕是没有用的。最好的办法是坚强和忍耐。

想起我邻病床的一个老汉，八十多岁了，做了胃大部切除手术，腹部缝得像装了个拉链。前后住了两个月院，一直靠鼻饲维持着营养。终于快痊愈了，老人却不听话，医生让吃流食，他偏不听，又闹着要出院，医生自然不同意，他就在病房里喊："老子当年跟着王震解放新疆的时候，你们他妈的在哪里呢！"他的三个子女，都为了老人的家产打着小算盘，一个个粗声大嗓地向老人表示着自己的孝心。可是当医生说需要给老人加强营养买罐蛋白粉时，一个个都没了声。更为悲剧的是，有一天大儿子和小女儿回去给母亲上坟,回来后小女儿一家人争先恐后地向父亲告状:大哥和大嫂回去独霸了父母的楼房,换了锁,两家人为此在母亲的坟头大打出手,直到惊动了派出所。老汉听了,捶胸顿足地骂着大儿子:"我怎么生了这么个王八蛋啊!"我无意去掺和人家的家务事,只是躺在病床上想:有什么事,能大得过生死呢?看样子教育好孩子,是刻不容缓的大事!

　　让我欣慰的是,儿子和女儿听说我要手术,都在中午放学后赶来病房看我,直到看着我睡着了才离去。事后护士告诉我说,"你知道吗?我们科里做这样的手术,一般只上一个主刀医生,两个助手就行了,给你一下子上了三个主刀!"可见我的病情是多么危急。后来听妻子说,我的病情再拖下去,会殃及其他脏器,如果那样,就危险了。而连续多天的感染,做微创是很难成功的,专家们是做好了两手准备,实在不行就临时给我改成常规手术。好在老天有眼,感谢专家们全力以赴,为我及时摘除了病灶,终于遏制了病情继续发展的势头。

　　两天后我终于可以进食了,喝着清香的米汤,感觉人生是多么美好。到护士站一称重,五天时间足足饿掉了六公斤!这可是我努力了多少年也没有实现的减肥目标啊!更让我感到幸福的是,这一次阴差阳错的病痛让我收获了亲情。住院期间,妻子始终保持着半睡眠状态,听到一点动静就爬起来看看我,这让我想起当年父亲住院时的情景,两者何其相似!只是,如今角色进行了转换,我由当年的照顾者变成了被照顾者。谁说半路夫妻没有真感情呢?我想,这也算是患难之中见真情吧。

　　出院后,我开始改变过去暴食暴饮的习惯,由于住院期间的五天禁食，对饥饿的耐受力也大为增强，我继续坚持调整饮食结构，加强体育锻炼。半年过去，体重不仅没有反弹，而且在出院时的基础上又下降了四公斤，凑够了一个整数！而此时我的血压也比任何时候平稳，整个人感觉到轻松了很多。

这时我想起"塞翁失马，焉知非福"的典故，想起当下最流行的那句话：一切都是最好的安排。诚然，只要有颗感恩的心，只要能平静面对苦难，你所经历的一切，都将成为你的财富，你的福音。

回归家庭是真爱

　　前天听说一位女同学辞职了，因为不喜欢单位的环境，更因为要照顾父母双亲，几乎所有人都感到不可思议。因为在大家看来，她的工作并不辛苦，她的父母也还未到耄耋之年，她是完全可以维持现状的。

　　今天又看到微信上铺天盖地的是央视新闻联播主播郎永淳因为家庭原因辞职的新闻。我感觉这是一个好的信号，这说明中国人正在进步，正在真正地懂得亲情和家庭的含义。

　　这么多年来，我们似乎习惯了背井离乡，甚至漂洋过海去打工挣钱，所谓为了家人为了子孙的牺牲和奉献。可是我常常在想，我们目前的国情，真的到了农民工不远离家乡就无法生存的地步吗？

　　所以中国人的牺牲精神得不到西方国家大多数人的理解。他们甚至觉得不可思议，为什么中国人把金钱看得比亲情重要？虽然，在国人看来，自己很伟大，为了家人过得更好，吃了那么多苦，挣的钱舍不得花都寄给了亲人。但是对于父母妻儿来说，或许在心底里更期望家人的团聚。近期网络频频曝光的留守儿童受虐甚至被残害的悲剧，无不是对这种牺牲精神的巨大质疑。为什么我们付出了这么多,最后却失去了最宝贵的亲人?我看根子在于,我们不知道自己究竟想要什么。

20世纪80年代以来,改革开放的春风吹遍了大江南北,祖国迈开大步跨越发展,经济繁荣城镇扩张。高考制度的恢复给莘莘学子光宗耀祖,实现理想的机会。孔雀东南飞的人才引进机制又加速了人才的流动。这彻底改变了中国人几千年来世居一地的稳定生活现状。青年为挣钱外出打工,老人为了子女不得不老来迁移,离开生活了几十年的故乡。而与此同时空巢老人、留守儿童也成为越来越普遍的社会现象。真不知道,我们社会是进步了还是退步了。想起诗人杨子的一句话:我们走得太快,以至于失去了灵魂。

这些年,我深深地被一件事折磨着。就是不能很好地尽孝,不能和日渐衰老的父母朝夕相处。不说忠孝不能两全,其实是现实中生存和理想的矛盾。我因为还有一点特长而跳出了农家门,成为父母心中的骄傲的"金凤凰"。可是直到父母风烛残年,我却只能整日担心,最多就是多打几个电话,争取每个周末回家看看,给二老做顿饭,陪他们说说话。也想过把父母接到身边,可是他们不愿来,再想想让他们离开生活了一辈子的团场,其实是件很残酷的事,所以也就作罢。这时候才体会到什么叫心有余而力不足。

这种状况一直维持到去年父亲去世,我总是在煎熬中度过。因为真是想不出两全其美的办法来。上有老下有小的现实,也不允许我做出辞职归乡的举动。那时候看《苏东坡传》里几次写到苏东坡回乡省亲和为父守孝三年的守孝假,真为大宋官场制度的人性化而叫好。可是我却只能面对现实,一次次给母亲打电话，一次次动员她去养老院，或者给她请个保姆，可是倔强的母亲谢绝我的一切好意，决意自己一个人过。好在姐姐就住在一个小区，每天可以去陪陪母亲，我的心稍安。

所以当我听到同学辞去了旁人看来清闲又收入不错的公职，我的心里是能体会她的痛的。想必她是受了何等煎熬才下的决心。我为她的回归家庭叫好，为郎永淳的担当叫好。因为亲情是不能用金钱和前途来衡量的。

在为不能尽心尽力孝敬二老而遗憾的同时，有时候我也会想，如果有一天我们老了，会怎样呢？

【第三辑 岁月的馈赠】

忆雪浪花文学社

读高一那年，我突然心血来潮对朋友阳和兵说，咱们成立一个文学社吧。这两个和我同样不安分守己的家伙当然一拍即合，兴高采烈。

其实这是我酝酿已久的一件大事，当然不能草率从事。关于社名，我和阳绞尽脑汁也没想出个满意的名字。还是兵见多识广，才思敏捷，搬来了杨朔散文中一个与众不同的语词，我们的"雪浪花"这才诞生在天山脚下。为了验证我们的文学社名是否真的独一无二，我们找来了"全国500家文学社团名录"核对，结果，"雪浪花"独具特色，全国仅我们一家。

有了堂而皇之的社名，我们便开始筹备第二件事：办社刊。因为没有征得我们也懒得征求校方的统一，所以一切都得自力更生。还好阳的父亲是一个连队的"清官"，我们才能够无偿地使用连队那套老掉牙的刻板和油印机。而纸呢，则是由兵利用学习委员的职务之便从班级试题纸中顺手牵羊捎带的。

一切具备，只欠稿源。万没想到，没有几个文学少年来响应我们。幸亏哥儿几个平时都在笔记本上涂鸦不少，但一直没有机会发表，这下可过足"发表瘾"了。该刻蜡版了，兵说，我们班有个妞刻字特棒，去找她帮忙。我说，行吗？他说，没问题，你就看我的吧。结果左等右等，只等来了垂头丧气的兵。他说，那妞要背英语单词，根本没空理我们这群傻蛋。好在这是我和阳意料之中的结果。不来也罢，咱们还是自己动手吧。

版面设计了一遍又一遍，蜡纸换了一张又一张，从晚上九点一直忙到凌晨五点，我们三十份《雪浪花》创刊号终于全部印罄。那是怎样简单的一张小报呀！字迹不太工整，版面不太美观、印刷不太清晰，整个儿是只"丑小鸭"。可我们却捧着它闻着油墨的香味热泪盈眶。

后来为了办报和学习方便，阳说，干脆你和兵别跑校了，住我家来吧。于是，我和兵干脆背着铺盖卷一起搬进了离学校很近的阳家同眠共寐。从此，我们的日子更加绚丽多彩。

冬天到了，我们常常站在大路旁的广播下听着自己的散文，任由雪花飘落，任由冷风吹过，作品发表的喜悦使我们单薄的身体格外精神，寒冷也对我们无可奈何。夜深了，我们还围在火炉旁谈着舒婷、北岛以及什么意识流现代派。终于喝完了最后一口茶，炉火也渐渐变暗，我们打个哈欠准备钻入被窝时，阳却突然来了雅兴画国画，我和兵只好强打精神磨墨观画，不知不觉已是清晨六点，但我们毫无睡意，十点时却不知怎的躺在温暖的被窝里梦游四方。结果当我们急匆匆揉着发红的双眼赶到学校，只有低头故作悔改之状听老师的"训导"，然后被发展在教室外接受别人的"检阅"。看着某些"小人"幸灾乐祸的神情，此时，我们三个内心有一种难以名状的哀怨。

如此几次我们却依旧是好了伤疤忘了痛，有时刻印《雪浪花》忙到半夜，兵会突然来了精神举起他那把锈迹斑斑的小号，呜呜啦啦地胡吹一通，虽然号声如鬼哭狼嚎般，但我还是故作陶醉状说吹得真不错，好好干，你会有出息的，说不准能进军乐队呢，直到隔壁的大嫂怒气冲冲隔着墙头扔过来一句："神经病，行行好吧，别把别人的魂都吓飞了"！兵这才恍然大悟冲我直嚷："原来你小子在糊弄我。"但表情极为幸福。

就在这样的日子里，《雪浪花》逐渐走进校园和各个角落，甚至引起了社会各界的瞩目、学校领导决意把我们"收编"为"正规军"，给了我们专门的办公室和活动经费。一时间，文学爱好者充斥校园，不知鲜章平者甚至比不知校长的人还遭人耻笑。就这样，我们辉煌了三年，却在高考的独木桥上纷纷"落水"，望大学而叹。

好在我们没有因此一蹶不振，"雪浪花"使我们走向成熟，使我们充满信心。经过努力，我们这几个农家后代都已走上了自己喜爱的工作岗位，或当编辑，或当记者，或当机关干部，环境是好了许多。可我却总觉得少了点什么，时时想起那段旧时光，心里便充满了自豪和自信。

前段时间，收到阳和兵的信，竟不约而同地说，真想回到咱们同甘共苦的那些日子。当然，这是不可能的，但我们却永远铭记着这段日子，任何艰难困苦都无法阻碍我们前进的信念。

宿　命

记得很多年前看到一位文友在自己的诗集前言里写道：自信将死于脑溢血。那个时候，很年轻的我还不知道脑溢血有多么厉害，只是觉得他很有趣，不是个绝对的悲观主义者就是个大大的乐天派。

可是直到我的人生之路走过了或许一半的时候，身体开始出现状况，得了这样那样的毛病之后，才越发地体味到这位老兄的厉害。作为一介诗人，他竟能在二十年前就预料到今天会有这样多的人成为高血压患者，最后不幸脑溢血的残酷现实，真是太有才了。我看他的预言，似乎比《2012》的作者还要厉害得多！

不知道这位仁兄现在是否患上了高血压，反正我是已经不可幸免。而和我同样得此富贵病的哥们，已经陆陆续续走了几位！

都是年富力强的年龄啊！就这样突然地走了，叫我怎能不悲伤，不愕然，不惊慌？

更为巧合的是，前几天偶尔读安妮宝贝的全集，竟然又看到了这样的文字，对自己的死亡给予了准确的判断。言语里是淡淡的忧伤和无奈，还有顽强的淡定和从容。

这时候，一个词语突然在我的脑海里一闪而过：宿命，是宿命！这个词语就这样紧紧抓住了我的心脏，让我无法再放下。

这局面让我有些难以相信，因为我一向自认是坚定的布尔什维克，是唯物论者，而非唯心。可是就这样莫名其妙地开始关心生与死的话题，关心长寿秘诀和保健知识，还开始坚持采纳一些好心人的建议控制饮食，暗暗发誓要管住嘴、迈开腿，无论如何也要和命运较一次劲，拔一次河。

可是渐渐我发现这真是个难以实现的美好愿望，与其如此为了那个人活百年的梦想劳碌，还不如好好珍惜现在，让一切返璞归真。于是我的生活又回到了从前的节奏，该干吗，继续干吗。我的血压，有时候会像个调皮的孩子，突然因为某个因素窜上跳下。我的痛苦可想而知。

我开始相信宿命。也许我的归途，会像某个朋友忠告的那样：不要以为死亡离我们很远，再不注意，也许脑溢血会在某一天突然光临贵体的！

我却在想，管他呢，该来的就让它来吧！很有些大彻大悟、大义凛然的味道。似乎忘记了自己的责任：父母、孩子和未竟的事业。

这样的念头在脑海里一次又一次闪现的时候，正是万物复苏、花红柳绿的春天，自然界传出都是美好的信息，我却是这样不合时宜地做着凋零的准备。

其实我的人生远未到落幕的时候，可是不知怎的，最近我总是被无奈和颓废缠绕着。

我想，大概是自己的思想告别了一个阶段吧！稀里糊涂，就已经走到了不惑之年。而惑与不惑，乃非我能左右。自以为看破红尘的时候，或许正是迷惘的开始呢。

冥冥之中，似乎有一双大手在推着我们前进，无论前面是荆棘密布抑或是坦途一片，经过是势不可挡的。就像诗人诺瓦利斯说过的那样：天空没有翅膀的痕迹，鸟儿却飞了过去。

岁月是无情的，转眼，黄发小儿就变成了两鬓斑白；岁月也是最多情的，人生的每一个坎，都像设计好的情节，早早站在那儿候着我们了。我们无法躲避迎面而来的命运。

那么还是迎着人生的风雨前行吧，走好每一步，到离开的那一天，不要留太多遗憾。

当爱成为习惯

前几天和一个朋友聊起婚姻的话题,她告诉我,其实当你爱上一个人的时候,爱到最后,不是单纯地爱或者不爱,而是习惯了这个人的存在。他的呼噜,他的臭脾气,他的生活喜好,他的一切的优点和缺点,都成为你生活的一部分,不可抗拒地影响着你。

这使我想起很久以前在网上看到的一个故事。两个相爱的人在一起的时候,其中一个问另一个,爱的最高境界是什么?对方回答曰:是愿意为之付出生命的爱情。没想到此答案竟没有得到首肯。提问者的意思,和我的朋友大致相同。想想也是,生活中哪来这么多的惊涛骇浪,哪来这么多的生离死别。平淡的生活,其实更需要不离不弃的陪伴。有时候,最平凡的往往是最伟大的。

曾经以为,我要寻找的,必须是两情相悦的爱情,就如诗经里描述的"关关雎鸠,在河之洲。窈窕淑女,君子好逑。"尤其是对婚姻的第二次选择,更是要找到完美的答案。又如《中国式离婚》中所言:"先要赏心悦目,再谈志同道合"。那么这个女子,不仅要有闭月羞花之貌,还得有幽兰雅竹之气,更要有深明大义之德。

我是素来反对那种第二次选择一切为了孩子的说法的。因为倘若不爱，倘若为了孩子去牺牲自己的爱情，最终，非但自己得不到幸福，孩子一样不会开心。可是当一个并不是你心目中理想的爱人在无意中走进你的生活，潜移默化地得到了你和你的孩子的认可时，你的想法也许会慢慢改变。我想，这种感情也许比那种一见钟情式的激情来得要持久些，也要真实些。因为，我们将要面对的生活，就是如此现实，如此真实。再婚家庭的和谐氛围，是可遇而不可求的缘分。

爱情的主角，是男女双方。但故事里的人物，绝不仅仅是两个人，还包括双方的家人，父母、兄弟姐妹和孩子。在一天天的接触中，孩子们渐渐有了感情。那好，是发自内心的依恋。每当看到孩子们在一起时开心雀跃的神情，分开后牵肠挂肚的念叨，一种柔柔的感觉从我心底涌起，我似乎感觉到爱情正向我一步步走来。难道这就是我要寻找的第二次选择吗？我有些疑惑。

此时的我，对"家和万事兴"这句古训有了深刻的理解，想起一个研究书法的朋友说过的话：为什么无论是繁体还是简体，在中国文字里，"家"的笔画要远远比"人"字多得多。因为，一个家庭的组成，绝不是简单的两个人。如果没有了心灵的默契，即使两个人在一起，也并不代表着"我们"，也无法真正写出一个完整的"家"。

人和动物最大的区别就是情感的交流。和一个人相爱，不仅仅是爱一个人，还要去爱她的家人。尤其是面对第二次婚姻的选择，孩子成为不得不考虑的重要因素之一。事实使我明白，我们可以不为了孩子牺牲爱情，但是我们或许会因为孩子得到爱情。

可是老天似乎总是和我作对，当我在事实面前决心放弃我的初衷，对自己的爱情观略作修改的时候，她却已经被我的潜意识深深伤害。

是因为愿望和现实的大相径庭导致了最后的结局。请问，你是因为爱情而接受了孩子呢，还是因为孩子而委屈了爱情？我不会撒谎，答案显而易见是令她失望的。于是她选择了离去。她和我一样，是一个苦苦追寻爱情的理想主义者。

面对曾经温馨的记忆，面对儿子孤独的眼神，我的心里，是难以言说的惆怅和无奈。这时对爱情和婚姻有了切肤的感触：爱情的最高境界，其实就是亲情。所有的爱，一旦成为习惯，最后会成为亲情。这一点，无论对谁，都应该是真理。

"人生若只如初见，何事秋风悲画扇。"人活在世上，为何总会有这样多的恩恩怨怨，悲欢离合呢？

动画片是可以给成人看的

最近看到一篇文章，说国产的动画片最失败的地方是思路太窄，一拍动画片就把观众定位在了儿童身上，殊不知，在国际上畅销的动画片，都是雅俗共赏，成人和儿童皆宜的。对这句话，深以为然。

但是这样说并非要对国产动画片全盘否定。在我的记忆里，《大头儿子和小头爸爸》就是这样一部难得的好片子。说它好，不仅仅是因为它吸引了成人和儿童，更重要的，是它真正做到了寓教于乐，让孩子在快乐中学到了做人的道理。

在这部动画片里，大头儿子和小头爸爸不仅是父子，而且是一对很要好的朋友。父子之间发生的一系列令人啼笑皆非的故事，又是那样发人深省。记得从儿子两三岁开始，我每天晚上就搂着儿子一起看这部动画片。这也是我和儿子最开心最融洽的时候。从此我和儿子的生活里就多了份快乐，我们的对话常常是动画片中的语言。儿子每天见我的第一句话就是：小头爸爸，你好啊！然后得意地笑个不停。我则摸摸儿子的脑袋：嗯，大头儿子好啊。早上送他去幼儿园的时候，我们会一起哼着那句歌词：大手牵小手，走路不怕滑……

可以说，是《大头儿子和小头爸爸》帮助我完成了对儿子最初的启蒙教育。当儿子看到大头儿子、小头爸爸和围裙妈妈在去郊游的路上，一路帮助别人的情景，儿子一本正经地对我说，爸爸，我知道了，要做一个爱帮助别人的小朋友才是好孩子！当看到小头爸爸因为工程施工太忙而早出晚归不能和儿子打照面时，儿子紧紧地搂住我，看了又看，生怕我也和电视里的小头爸爸一样似的。还有诸如夜间起夜、路遇小猫、城中迷路、大狼灰等很搞笑的细节，使儿子知道了自己要做一个小小男子汉，改掉了很多和"大头儿子"一样胆小、粗心的毛病。

如今儿子已经九岁了，繁重的学习任务使他不得不远离了自己喜爱的电视，为了他的学习，我们俩像《猫和老鼠》一样，常常掐得面红耳赤。偶尔一次早早写完作业，父子俩钻入一个被窝，儿子会无限向往地说："爸爸，要是咱们俩永远都像大头儿子和小头爸爸一样该多好啊！"

老百姓真难

今天为一个老同学晋升职称的事，生了一肚子气。这才深深体会到，在中国做一介草民真难啊！

由于靠着捉笔为文的特长，我高中毕业就步入公门，这些年来虽未飞黄腾达，却也免受了很多生活的琐碎磕绊，相对来说感受到党的温暖要多一些，所以我始终告诫自己要常怀感激之情，以一颗感恩的心来面对世界。

也许是我看到的阳光太多，当我的老同学打电话向我求援时，我竟然不相信她在单位混了这么多年，竟然到现在还没有晋升中级职称。而我，副高的待遇已享受多年了。她的电话使我恍然想起几年前同学聚会时，曾经听她说起过她所在的那个小团场晋升职称很难，我还夸下海口，让她到了年限告诉我一声。没想到一晃几年过去了，我竟渐渐忘记了此事。而她，也由于过于老实，一次次错过了机会，直到这次实在没有办法了，才想起来给我打电话。

我不禁感到内疚和自责。说起我的这位同学，高中时是我们的学习委员，大家公认的好学生。高中毕业为了给父母减轻负担，参加应届高考即入学一家幼儿师范，后来分配到现在的这个小团场当起了人类灵魂的工程师。由于这个团场的偏远，她刚工作时很不习惯，我也曾经帮她联系到一个离父母很近的单位，可是为了自己的爱人，她放弃了。

前不久我去内地出差，一路上见了不少高中同学，转眼分别快二十年了，此次相逢在异乡，大家感到分外亲切。其间一起回忆起当年的青葱岁月，不禁欷歔不已。说到几位当年的好学生，为了分担家庭的责任而放弃了复读，因此而错过了走出团场的机会，更是惋惜不已。这其中，就有我的这位同学。

我很快搞清楚了她的现状：在她到了晋升小教高级职称的年限时，由于受名额的限制，党的光辉一直没有照耀到她的身上。然后由于工作需要，她的工作岗位从小学转到了初中，职称也随之平转为中教二级。现在该进中教一级职称了，学校说要在全校范围内测评。好在该同学靠踏踏实实的工作作风赢得了全校师生的一致好评，评分一路领先，学校自然是如实上报。没想到到了团场的衙门，一位主管职称工作的女科长又说她的年限差一年，不能予以上报。眼看自己历尽千辛万苦，通过了继续教育、计算机考试、外语考试、公开评议等等关卡一路过关斩将，好容易才盼来了这一天，就这样轻易地被女科长一句话粉碎了念想。她犹豫再三，才拨通了我的电话。

依稀记起她说的这位女科长，在某一次公务的应酬中打过照面，很年轻，很有前途的样子，席间八面玲珑，滴水不漏。想到毕竟有一面之交，我便满怀信心地直接往女科长的办公室打了电话。听到我报上名来，对方依然是热情不已。当我说明来由后，得到的答复也是干脆利落的：按政策，你的同学如果还在教小学，晋升小教高级当然是没有什么问题，可是问题是现在她又改教中学了，小教一级的任职资格就不再予以确认，而是从中教二级开始算年限，所以她现在差一年，这是硬杠杠，谁也不敢随意放宽，我想你也应该很明白。我当即哑口无言，讪讪挂了电话。

想想不放心，又给在师职改办负责的党校同学打电话咨询。不巧，她去了首府学习，是一位不熟悉的工作人员接的电话，答案和那个团场的女科长别无二致。没办法，本人只好怀着内疚的心情告知老同学这一无奈的消息。

那能不能破格呢？我这些年辅导的学生得了不少全国竞赛大奖，我本人也多次获得师团的先进工作者和优秀教师称号！听了我的答复后，老同学失望之余又不愿轻易放弃。

那我再问问吧。不忍心看到老同学这样失望，我心里虽然没底，还是愿意为这一丝希望付出努力。

这次是无论如何也得麻烦我的党校同学了。为了给她节约话费，我只好发了封长长的短信，述说了我的高中同学之境地，希望她高抬贵手，言辞极为诚恳，不似我一贯嘻嘻哈哈的性格。党校同学很给面子，立即打来了电话，肯定地告诉我说，如果你的老同学在这三年内有两年被评上先进，就具备破格晋升中级职称的条件。听了她的话我几乎要高呼万岁了，因为我的老同学何止有两年先进，她是连续三年的先进和多次的种种荣誉了！党校同学听了当即向我表态：既然如此，你放心，我一定帮这个忙。这样吧，先让你的同学去找团里的负责人，把我的意思转达给她。如果还有什么困难，你就告诉我，我给她打电话！末了还揶揄道，鲜大总编对我向来是吆三喝四，毫不客气的，今天怎么这样见外啊？

我本以为这事就这样圆满解决了,晚上踏踏实实睡了一觉。没曾想,第二天刚上班不久,就接到了老同学的电话:女科长说她不知道有这个文件!所以还是不能上报。眼看就要过了填表日期,我的这位同学言语里充满了焦虑和无奈。

我简直要愤怒了!为什么一个兢兢业业忠实于团场教育事业的教师仅仅想要得到一点公正的待遇都这么难啊!我立即拨打党校同学的电话,却不巧,也许正是上课时间,她的手机关机了。

情急之中,我想起了老同学所在团场的团长,是我们家乡的一位学长,平日里甚是交好,便拨通了他的电话。他正在石河子学习,听了我的话,很是诧异:咱们团有人在我这儿当老师,我怎么不知道?并且当即表示,如果我说的一切都是真的,一定安排职改办给予办理。

不一会,这位老兄打来了电话,说,你放心吧,我已经认真落实了你说的情况,你的同学上报职称的事,没有问题了!原来这位老兄放下我的电话就给那位负责职改工作的女科长打了电话,得到的答案还是否定的。那么孰是孰非呢?好在我的这位老兄是位办事非常认真的人,听了女科长的回答,立即拨通我那位党校同学的手机,咨询了相关政策事宜,自然是火冒三丈,向女科长大发雷霆。

当我给我的老同学打电话告诉这个好消息时,她忧心忡忡地说,我已经知道了,某科长刚给我打过电话,她很生气,说我不该给团长打电话告状,还威胁我说已经把这事告诉我们校长了。

我听了不禁啼笑皆非:她这是弄巧成拙,给你帮了大忙了！你知道吗？如果早知道你和团长大人是老乡，你的职称岂能拖到今天？哈哈！

有人说"朋友就是生产力"，看样子此话一点不假啊！本以为这事是板上钉钉了，为自己终于给老同学帮了个忙而感到高兴，是夜睡得格外香甜。没曾想第二天一大早，就连续接到了团长大人和党校同学的电话，原来是我的党校同学记忆有误，最后经请示兵团职改办，现行文件里确实没有中教中级职称破格晋升的相关条文，老同学的职称，只好等明年再说了。

可是明年是否有空岗呢？谁也不敢肯定。还有那些费了老鼻子劲才拿到手的一系列培训考试证书呢？又得推倒，一切从头再来。

这时我才意识到，我是误会了那个女科长了，原来她并没有错。那么，到底是谁错了呢？

呜呼哀哉！一个优秀的团场教师，因为种种无可奈何的原因，尚且无法及时落实相应的待遇。那么那些面朝黄土背朝天的农民呢？要想得到一点合理的既得利益，一定更是难上加难。

难怪有人说，在中国，最好的职业是当官。

满屋葱茏

"山不在高,有仙则名。水不在深,有龙则灵。斯是陋室,惟吾德馨。苔痕上阶绿,草色入帘青。谈笑有鸿儒,往来无白丁。"

很喜欢唐朝诗人刘禹锡的《陋室铭》,尤其是这前几句,爱之更甚。

虽然我没有独家的小院,无法实现"苔痕上阶绿,草色入帘青"的梦想,但是我想,让自己生活在一片生机和翠绿中这愿望应该可以实现的。于是给自己定下了一个规矩,每当发工资或者有稿费的日子,必须犒劳自己,买一盆花以示庆祝。房子刚装修完的时候,为了安全除去有毒气体,去花市买了很多不值钱的绿萝和吊兰,于是我的新居暂时有了一些绿色相伴。后来便逐步实施我的计划,便有金钻、金钱树、君子兰等花陆续走进我的客厅和卧室。当然,也有因为工作太忙和偶尔的懒散,买花"纪律"并未一以贯之地执行下去。有时候想起来就来一顿"恶补",一次多买几盆,以弥补过去的慵懒。

昨日是三八节,别人尚可为某一女士祝贺而共度之,唯吾此节空闲，周末回团场看望父母，回到伊宁市路过花市，想起久未买花，再加上先前买的吊兰和绿萝用的是塑料花盆，多数已经奄奄一息，失去了生机，便临时动议，决定去买几盆花，顺便买些花盆，把绿萝和吊兰移栽一下。进了花市才发现此地的热闹和繁荣，绝不亚于菜市场和超市，一点也看不出金融危机的味道。不过东瞅瞅西望望，见别人大多是成双成对，心下不免有些凄惶。好在俺这人这两年经受的打击多了，能够迅速地自我安慰，自我调节，很快就运用阿Q同志的精神胜利法把自己从怏怏的心情中拉了出来，继续兴致勃勃地随着人流赏花、选花。

我个人偏爱四季常青的赏叶花卉，所以家里不开花的品种居多，这次却被熙熙攘攘的人群所左右，随着别人的脚步不由多看了几眼一种名为山丹丹的小花，只见那一片片翠绿的叶子中间开着各色的小花，甚是喜人，卖家意见驻足欣赏的人多，就势大力推荐此花，说是花开四季，常年不败，放在家里会增添不少喜气。于是就有人慷慨买单接连捧花而去。我犹豫了半天，想想即将面对的搬运之苦，还是按自己的喜好，买了盆枝干挺拔的金钱树和翠绿欲滴的清香木，然后买了大大小小六个花盆，满载而归。临走时对老板说，过两天我还要来买山丹丹，可别忘了我是老顾客，给个批发价哦！

回到小区，着实辛苦了一番，岂不说把那盆颇有分量的金钱树抱上楼累得我眼冒金星，更磨人的是移栽"老花"。从地下室把早先从团场找来的花土运上楼，再在卫生间铺上报纸，然后把那些僵硬的老土和新土混合拌匀，再一一载入花盆，等忙完，竟然也是满身大汗，灰头土脸的，对着镜子一照，两个鼻孔全是黑黑的土灰。不过想想这些濒临死亡的花儿又将焕发生机，我又将在绿意盎然的花丛中怡然自乐，不禁觉得少了些疲惫，多了些舒心。

洗完澡，拿出一包珍藏已久一直舍不得喝的极品铁观音，面对满屋葱茏，喜滋滋地抿下了一口清香。

喜来登的羊肉泡

写下这个标题，有些给对方做广告的嫌疑。不过实在是没有办法，俗话说"吃人嘴软，拿人手短"，谁让我嘴馋，白吃了堂堂州地税局局长大人的一顿羊肉泡馍呢！君子一言，驷马难追，既然答应了朋友要为他的羊肉泡写篇文章，就不得不静下心来，认真思考一番。

不过说实话，就在我提笔写下这个标题的时候，那羊肉泡馍的香味和周局长富有传奇的介绍，还在我的脑海里回旋，让我欲罢不能，下笔如有神助啊。

喜来登大酒店在伊犁州小有名气，不仅因为它是州地税局下属的宾馆，更因为它有几样颇具特色的地方小吃，吊住了很多新老食客的胃。隆冬时节，一向对文人关怀备至的周局长相约几位伊犁文化界知名人士小坐，我有幸位列其中，并聆听了周局长关于饮食文化的精彩之语。文人相聚，话题难免有些文绉绉的，好在有知识渊博又钟情文学的周局长，桌子上多了几分轻松与活跃。席间他的妙语连珠令我自愧不如，对喜来登大酒店的每道拿手菜，他都能如数家珍，娓娓道来。尤其是在我们眼里再平常不过的一碗羊肉泡馍，却有一段不同寻常的故事，让我感慨万千。

说来话长，大概是四五年前了，盛夏时节的一个双休日，在家静心研习古诗词的周殿军局长突然接到了喜来登大酒店经理的电话：大事不好了！有人到我们的后堂把羊肉泡原料全部倒掉了，说我们糟蹋了古都的饮食文化。这还了得？什么人这样大胆，竟敢来堂堂的伊犁州地税局宾馆叫板！酒店经理语无伦次的诉说让周局长不敢小视，立即赶到了喜来登。周局长说到这里的时候，我不禁想到了武侠小说和港台电影里仇家找上门来砸场子的情形，哑然失笑。

到了现场的周局长很快弄清楚了事情的来龙去脉，原来"挑场子"的是一位西安某知名老字号羊肉泡餐饮企业的大师傅，来伊省亲之际，偶尔看到了喜来登的羊肉泡招牌，不禁倍感亲切，便移步其间，想好好品尝一下久违了的家乡风味。不料一吃之下，大失所望，继而生出气来，"陕西愣娃"的脾气一上来，便出现了经理所说一幕。周局长看着怒气未消的老人家，立即赔礼道歉，并且请求这位羊肉泡世家传授绝艺。家传秘方，岂能轻易泄露？对方当然是一口回绝。好在我们的周局长礼贤下士，能言善辩，最后在他动之以情、晓之以理的攻势下，对方终于松动了口气，为了"传承中华饮食文化"（周局长劝解语），勉强答应周局长的请求。于是后来的两天里，周局长和一位酒店羊肉泡师傅便虔诚地跟着老人家一起学到了正宗的西安羊肉泡全套流程和家传秘方，并根据伊犁的本地资源加以改进。于是便有了现在的喜来登羊肉泡。

听了周局长绘声绘色的描述，喝一口香味浓郁而不腻人的羊肉泡馍汤，细细品来，更觉与众不同，不禁对周局长多了几分敬佩。小小羊肉泡，能引起堂堂地税局长的高度重视，让我不得不深思啊！在我们这个历史悠久的国度里，处处体现着浓厚的文化渊源。饮食也一样，同样是文化。换言之，热爱传统饮食就是热爱传统文化，周殿军的一个小小善举，不仅为喜来登大酒店做了件好事，为伊犁地税局做了件好事，更重要的是，为伊犁做了件好事。无形之中，喜来登传承了古都西安的饮食文化，使之与伊犁本土文化相结合，创造出了一个出于蓝而胜于蓝的"喜来登羊肉泡"。

当然，喜来登不仅仅有西安的羊肉泡，还有河南的胡辣汤，甘肃的浆水面……俨然一个不同流派不同宗族的文化大融合。最后，周局长郑重其事地说有个小小的请求，就是请在座的哪位为喜来登的羊肉泡写篇文章，算是宣传餐饮品牌和饮食文化一举两得吧。我想，有这样热爱生活，尊重文化的领导，伊犁的地税工作怎能不蒸蒸日上呢？

写这篇文章的时候，我仿佛看见幽默风趣的周殿军局长站在喜来登的大堂之上，端着一碗热气腾腾的羊肉泡馍吆喝着："来喽，汤宽味美的羊肉泡！"

倘若幽默诙谐的周局长果真如此，倒是伊犁政界的趣闻一件。

化蛹为蝶，蜻蜓追舞

——"伊犁新锐"党艳丽作品感言

晚报"五色石"副刊编辑王秋红女士嘱我为"伊犁新锐"推出的第一位才女作者党艳丽写篇评论，我自认才疏学浅，不敢托大，但是想想凭自己对小党的了解，和读者做个拉家常式的交流，还是可以的，也算是为文学新人的成长，贡献一己之力吧，遂斗胆献丑，乱弹几句。

改版后的《伊犁晚报》副刊新增了"伊犁新锐"栏目，并且开宗明义：就是要推出伊犁本土的写作新面孔，他们或者已经在报刊上发表过一些作品；或者只是默默地写着，并没有作品发表……英雄不论出处，也不论年龄，只看笔端是否锐利。这为伊犁文学的"可持续发展"提供了强有力的精神动力和新作者崭露头角的舞台，真是难能可贵。既然为"新锐"，那么推出的作者一定要"新"，作品一定要"锐"。我想，编辑选择党艳丽，自有他的道理。而党艳丽本人，也是当之无愧的。

初识党艳丽，是在三年前的冬季，在"绿河谷"网站上读到她的作品时，不禁觉得眼前一亮，为伊犁有这样的才女惊喜不已。后来渐渐熟悉了，才知道这位网名叫"蜻蜓追舞"的小姑娘实名党艳丽,是"绿河谷"网站文学版的版主。别看她小小年纪,已"行走江湖"多年,从事网络写作近十年了。前几年,除了在"绿河谷"网站做兼职版主,偶尔还会去一些国内知名的生活类杂志客串栏目主持,写下了不少佳作。当然,由于和本地纸质媒体交往甚少,她的名字在很长一段时间不为伊犁读者所知,有些"锦衣夜行"的遗憾。虽然其时我正处于人生的低谷,有些泥菩萨过河的味道,但是知道了她的现状后还是欣喜若狂,因为当时正值农四师电视台用人之际,便自不量力地向当时的领导极力引荐,最后把她从一家驻市执法单位"挖"了过来,使她梦想成真,成为一名专职的文字工作者,可以堂而皇之地做着自己的"作家梦"了。

  可以说,2008年是党艳丽人生的分水岭,也是她文学创作的分水岭。党艳丽是个有着双重性格的女孩。豆蔻年华,多愁善感自然难免,但是同时她的内心深处又饱含着对生活的满腔热情。两者的矛盾结合,从她的作品中可见一斑。纵观她2008以前在网络上发表的作品,多是些儿女情长、顾影自怜的哀愁和惆怅,其文字优美,颇见功力。而进入农四师电视台工作之后,浓厚的文学氛围使她很快就进入了角色,融入了新的工作和生活环境。这使她的人生和文学创作都出现了一次重大的转折。这时候,人还是那个小女孩,但是从她眼里看到的世界却更精彩、更宽广了。她终于走出了那个期期艾艾的小我,摆脱了"欲说还休"的束缚,用那双美丽的双眸去发现生活中的"大美"和"大爱"。她的文字里,也因此少了些浮华,多了些平实。这一点,进入2009年以来"伊犁新锐"连续刊发的三篇散文《思恋》《爱,唯此言表》和《茶缘》足以证明。

从党艳丽这三篇散文里,我们可以感受到她是怀着一颗感恩的心认真感悟着人生,采撷着生活中的真善美。首先说说《思恋》。这是当坐班编辑很久的党艳丽在一次参加台里为有线电视用户安装数字电视过程中的一次真实经历。每天从早上一上班忙到第二天凌晨才能拖着疲惫的身体回到宿舍,中午只有短暂的就餐时间,对于很多人来说,是件避之唯恐不及的苦差事。但是作为文字编辑的党艳丽不仅快快乐乐地参加了,而且在圆满完成工作任务的同时收获了自己的"副产品":在一个收留了两只流浪的小猫和小狗并与之相依为命的老大妈家里,她被感动了——尤其是当安装完毕后,韩妈妈看看清晰的视频图像又看看老先生的相片竟然哽咽了:"我老头子都没有等到这一天!"说完,用袖子拭了拭眼睛,而后努力地调整着自己失态的语气对我们说:"别见笑。"我没有笑,也笑不出来,韩妈妈是在思念她的爱人啊!她是把所有对爱人的爱都延续在了那些流浪猫和流浪狗的身上。结尾的点睛之笔,令人潸然泪下。

而《爱,唯此言表》说的是和家人团聚的情形,早先我在网上读过党艳丽的几篇文字,大致知道她家庭的多舛,先是母亲去世,接着是父亲遇车祸,那些寄托哀思的文章里虽然也包含着浓浓的亲情,但是同时让我心情沉重。好在,随着父亲的身体一天天康复,党艳丽也感受到了生活中更多的幸福和美好。于是她发自内心地感慨不已,"望着这杯盏交错、笑声满盈的画面,不知怎么的,眼眶竟湿润起来了,多少个春秋,多少个日夜所期望的不就是如此吗?最醇的酒比不过亲情的浓烈,最美的风景美不过家园的温馨,最丰富的财富也不及这一刻的富有。我想够了，真的足够了，还有什么比拥有家和亲人更让人感到幸福呢？"人间最伟大的爱莫过于亲情，这是每个人都应该拥有的情愫，但是并不一定每个人都能感悟到，只有经历了风雨的人才能领略彩虹之美。

《茶缘》则有些借茶寄情的意味，这一篇可以说是真正跳出了以往的党艳丽。虽然是在说生活细微之处，却处处蕴含着哲理和真情。比如最初喝茶时"我有些沉醉，像是坐在远古大宅院里的闺秀般，端起那掌心窝里一小盏茶。初品，只是一小口，口齿、咽喉间泛出微微的苦涩。"似乎在隐喻生活苦的滋味。在她娓娓的叙述中，读者仿佛闻到了铁观音的清香，品味了源远流长、博大精深的茶文化，悟出了做人的道理。这是文章的结尾：我本能地端起掌心窝里的小盏，闻了闻，抿了抿，下意识地闭上双眼，细细地在苦涩中回味着记忆中的"唇齿留香"。站在一旁为我们服务的茶室主人看罢，说我乃茶中人。我问其缘何这样说，他说因为我在"品"。恍然，原来不知什么时候我已学会了品茶。那一刻，我突然很想见先生和老者。寥寥数语，却升华了文章的主题，真是画龙点睛之笔啊！

记得有位诗人说过"常常被生活感动的人，一定有一颗善良的心"。我想，党艳丽的字里行间就充满着感动，被别人感动，也感动着别人。读着这美丽的文字，我仿佛看见一只化蛹为蝶的精灵，一只可爱的蜻蜓，拍动着透明的翅膀，在伊犁文坛上轻盈地飞舞。

大隐于市

在尘世中跋涉得久了,那种身心疲惫的感觉越来越重,总想给心灵找个宁静的港湾,可是始终不能如愿。不曾想,一日却在不经意间,走入了这方净土。

那天晚饭后,信步来到伊宁市经典花园小区。远远的,由著名书法家石轩箐书写的"清怡茗茶"四个大字吸引了我。因了现代灯光技术的衬托,那古朴苍劲的隶书透出几分飘逸,在夜色下熠熠生辉。我不由得踱入店门:一股浓郁的茶香扑鼻而来,高山流水的古筝乐声中,三三两两的客人,或围坐于小几旁,或隐匿于茶室间,或入神地品着杯中甘露,或忘情地侃侃而谈。茶庄不大,没有喧嚣,却也不乏人气。

忽一间雅室中传来阵阵掌声,不一会,一幅飘着淡淡墨香的草书被一人如获至宝地捧着拿到大厅摊开来。不一会,有书法作品源源不断地被拿了出来。我无意间看了一下落款,竟然有在伊犁书法界颇有名气的潘蔚林、刘正祥等人的大名。原来是一群书法爱好者在这里交流切磋。

大厅的两旁,是一溜古香古色的陈列架。架上有号称"能喝的古董"的普洱茶,有最新上市的早秋龙井,有茶中名种铁观音、碧螺春……更令人称奇的是那一个个形态各异、小巧玲珑的紫砂壶。虽不懂茶,亦不识壶,可是茶室中那独特的氛围却吸引了我。此后的夜晚,我就有了最好的去处。

茶真是个好东西!每每到了这样的夜晚,随着一杯杯清香的品茗下肚,纷繁的心绪渐渐归于平静。让我对茶不由得有了粗浅的认识。这时才真正体会到了古人:"一饮涤昏寐,情思爽朗满天地。再饮清我神,忽如飞雨洒轻尘。三饮便得道,何须苦心破恼……"的境界。

我是个随遇而安的人。对茶,同样没有过多的奢求。刚开始,我完全是由着主人的心意,上什么就喝什么。喝着喝着,渐渐喝出了茶中的味道,品出了人生的五味。从绿茶中,我感受到了青春的朝气和稚嫩,那淡淡的清香,让人振奋;乌龙则从骨子里透着沉稳。无论铁观音、黄金贵还是金宣和洞顶,喝出的都是浓浓的茶香,就像有了些内容的人生,回味悠长;而单枞,一杯下肚,从嗓子到肠胃,全都沁着香气。那味儿,浓得似乎化不开,直往每个毛孔里钻;最让人感慨的是普洱,饮它,像是和已过不惑长者的交流。尤其是陈年老茶,初品时平淡无奇的,可等你静下心来,会发现有种绵长的韵味慢慢透到骨子里。那种厚重和包容是任何茶品都比不了的。

对于茶的认识,让我学会了选择。我想,绿茶太嫩,不是我这年龄来得及品尝的了;普洱又太过厚重,厚重得让我难以承受;唯有乌龙,是符合我的心境和阅历的:那初经风霜的沉稳,不正是我想拥有的品质吗?不过,我认为乌龙之中,单枞过于贵族化了,香气霸道而且价格昂贵,碧螺春的厚度又不够。铁观音,两者兼而有之,平和中多了份从容,是我的最爱。

从此，在铁观音的浸泡中，我真正走进了"清怡茗茶"，走进了形形色色的饮茶者，品味着人间沧桑。于是，我也走近了茶庄的主人清怡女士。这是个在商海中打拼了十多年的女人，有过坎坷，也品味了成功。可是，她没有沉湎在失意的往事中不能自拔，也没有陶醉在事业的辉煌中沾沾自喜。她，更多的是思考着人生的价值，用平和的态度面对着眼前的一切。开茶庄，有着商业的因素，更多的，是以茶会友的乐趣。

在这里，她学会了很多处事的哲学和做人的道理。然后，又把它和更多的朋友分享。她告诉我，在所有的来客中，有一位学识渊博的老人最让她敬重。就是这位老人教诲她说，做人要有三种心态：对自己要有善待心，对朋友要有包容心，对社会要有慈悲心。正是这健康的心态，让她用一种特别的方式经营着"清怡茗茶"：凡在此买茶者，可将茶寄存在这里，享受专业茶师的免费服务。这可是一笔不小的开支啊！也正因为如此，她的茶社吸引了越来越多的茶友。每当夜幕降临，忙碌了一天的人们便接踵而来。或亲朋小聚，或商务洽谈，或茶友交流，"清怡茗茶"为越来越多的茶文化的爱好者提供着精神领地。

自古茶就与书画同缘。因为有好茶，因为贾江平这样懂茶的人，所以，"清怡茗茶"又成了伊犁书画爱好者的沙龙。受了这文化和茶香的诱惑，慕名而来的人络绎不绝。

虽不敢说"往来无白丁"，却也是"谈笑有鸿儒"。

在"清怡茗茶"待得久了，免不了受些影响。我常常想，古语说"小隐隐于野，大隐隐于市"。依山傍水，和山水融为一体，是件多么美好的事啊！可是，又有谁能不食人间烟火呢？

那么还是让我们用平和的心态来面对人生，做一个"大隐于市"的凡人吧。

那么，"清怡茗茶"不正是个"大隐"的好去处吗？

"曾经沧海"新解

"曾经沧海难为水，除却巫山不是云。取次花丛懒回顾，半缘修道半缘君"。常常为这绝版的爱情，为这经典的诗句，迷惘、感慨、叹息，不能自拔。

一直在寻找这几句美文的释意，却总也不能得到让自己满意的答案。按字面的意思，很简单：经历过无比深广的沧海的人，别处的水再难以吸引他；除了云蒸霞蔚的巫山之云，别处的云都黯然失色。多少次取道花丛都懒得回头看看那些娇艳的花朵，一半是因为我的修炼道行深厚，一半是因为心中有你无法忘却。原诗以沧海之水和巫山之云隐喻爱情之深广笃厚，见过大海、巫山，别处的水和云就难以看上眼了，除了诗人所念、钟爱的女子，这世上再也没有能使我动情的女子了。

果真如此吗？经历了感情的百转千回，世间的悲欢离合，我想起了那个"看山是山，看水是水"的典故。

宋代禅宗大师青原行思提出参禅的三重境界：参禅之初，看山是山，看水是水；禅有悟时，看山不是山，看水不是水；禅中彻悟，看山仍然山，看水仍然是水。

佛家讲究入世与出世，于尘世间理会佛理之真谛。而我们或平凡或精彩的一生，也莫不如此，躲不过这三重境界的经历和折磨。至于是否真正悟道，那全凭个人修为了。

人生第一重境界：看山是山，看水是水。涉世之初，还怀着对这个世界的好奇与新鲜，对一切事物都用一种童真的眼光来看待，万事万物在我们的眼里都还原成本原，山就是山，水就是水，对许多事情懵懵懂懂，却固执地相信所见到就是最真实的，相信世界是按设定的规则不断运转，并对这些规则有种信徒般的崇拜，最终在现实里处处碰壁，从而对现实与世界产生了怀疑。

人生第二重境界：看山不是山，看水不是水。红尘之中有太多的诱惑，在虚伪的面具后隐藏着太多的潜规则，看到的并不一定是真实的，一切如雾里看花，似真似幻，似真还假，山不是山，水不是水，我们很容易地在现实里迷失了方向，随之而来的是迷惑、彷徨、痛苦与挣扎，有的人就此沉沦在迷失的世界里，我们开始用心地去体会这个世界，对一切都多了一份理性与现实的思考，山不再是单纯意义上的山，水也不是单纯意义的水了。

人生第三重境界：看山是山，看水是水。这是一种洞察世事后的返璞归真，但不是每个人都能达到这一境界。人生的经历积累到一定程度，不断地反省，对世事、对自己的追求有了一个清晰的认识，认识到"世事一场大梦，人生几度秋凉"，知道自己追求的是什么，要放弃的是什么。这时，看山还是山，水还是水，只是这山这水，看在眼里，已有另一种内涵在内了。

那么爱情呢，岂能跳出人生的樊篱？"关关雎鸠,在河之洲。窈窕淑女，君子好逑"。《诗经》开篇就告诉我们，无论富贵与贫穷，无论高雅与低俗，爱情是永远存在于男女之间的一种难以割舍的情感。看过多少"人生初见"的惊喜和爱恋，最后却落得个"秋风画扇"的悲凉和无奈。人世间有多少美好的憧憬无法实现，可是人们却又如长江之浪，前赴后继，在滔滔爱河中挣扎沉沦。我想，这是因为爱情是一道永远无法破解的难题。旁观者可以清，当事者自然迷啊！君不见，多少曾经要死要活，轰轰烈烈的爱情，最后落得个"东风恶，欢情薄，一杯愁绪，几年离索"的结局。但我们相信，美好的初恋是值得回味的，刻骨铭心的爱情也是应该珍惜的，可是无论如何，太阳落了还要升起，离别后的日子还要继续。既然伤心也是一天，悲哀也是一天，我们何必要作茧自缚，让自己在"寻寻觅觅，冷冷清清，凄凄惨惨戚戚"中度过呢？

天天在说与时俱进，我想如果是一个真正的男人，就不应该整天沉迷于儿女情长之中，作英雄气短之状，无病呻吟，虚度年华。我们是不是应该这样"与时俱进"地理解"曾经沧海"：既然经历了这样刻骨铭心的爱情，还有什么悲欢离合能让我难以承受呢？既然经历了这样化蛹为蝶的涅槃，还有什么困难能够让我退却呢？既然随着岁月的流逝，沧海都已变作了桑田，我们为什么还要沉涵于过去的哀伤中不能自拔呢？

好好活着，好好生活，这才是对"曾经沧海"的最好回报。

京城过客

——系列散文"在路上"之一

到北京城的第一天,我们就领略了道路不熟所带来的不便。

凤凰树文化公司的总经理杨罡听说我远道而来,非要设宴接风,我再三推辞,最后还是无法谢绝对方的盛情,只好恭敬不如从命。

从圆明园到公主坟,至今不知道到底有多远的距离,只是记得问了一个又一个路人,漫无目的地在大街上游荡了许久,后来终于找到了离目的地比较近的一路公交车。当屁股挨到公交车座椅的时候,我们不约而同有种如释重负的感觉。

没曾想我们的苦难之旅就此开始。由于遇上了高峰期,再加上中途大雨倾盆,公交车走得极不顺畅,就像受凉的病人在不停地打嗝,把一车人弄得前俯后仰。一个同事又饿又冷,开始晕车,几乎把苦胆水都吐了出来。其余几位,也都一个个愁眉苦脸,痛苦不已。我的心里,这时只有后悔,真不该答应带着大家来赴这个宴啊!

经过几个小时的颠簸,等我们终于到达目的地的时候,已是夜幕沉沉,热情好客的主人已经摆好了丰盛的菜肴等候多时。饥肠辘辘的我们，真是倍感亲切。主人连声抱歉，立即号召大家举箸直奔"主题"。那一顿麻辣鲜香的川菜啊，让我终生难忘！

酒足饭饱之后，我们在杨总的指点下，坐地铁返回住处，来时远若天涯的路途，似乎一下子缩短了距离。这给我们打开了北京城的另一番天地：原来地铁是这样便捷啊！

俗话说"吃一堑，长一智"。为了确保在京的一周内不再重复同样的错误，第二天我就买了张北京地图仔细研究。最后，我们决定安排专程来京开眼界的几位同事住在王府井附近的酒店，因为我参加笔会的地点在小汤山的一个温泉山庄，两点正好被贯通北京城南北的地铁5号线连接，便于我们往来和出行。此后的几天里，我们果然尝到了地铁交通给我们带来的便利。

北京地铁始建于1965年7月1日，1969年10月1日第一条地铁线路建成通车，使北京成为中国第一个拥有地铁的城市。20世纪50年代末期中国与苏联的关系恶化后，我国开始规划在北京、沈阳、上海三座重要城市修建战备地铁，以作为平战结合的战备防御手段。1953年周恩来总理曾一语道破修建地铁的目的："北京修建地铁，完全是为了战备。如果为了交通，只要买二百辆公共汽车，就能解决。"一期工程于1965年7月1日开工建设，其线路沿长安街与北京城墙南缘自西向东贯穿北京市区，连接西山的卫戍部队驻地和北京站，采用明挖填埋法施工。全长23.6公里，设十七座车站和一座车辆段，1969年10月1日建成通车，使北京成为我国第一个拥有地铁的城市。

历经四十年的风雨，随着时代的进步，和平成为世界的主题，北京地铁的使命也自然由战备过渡到为人民服务，为城市交通服务。如今北京已有九条地铁线四通八达全长达二百三十公里，贯通了近百公里的主城区，而且收费实行一票制，只要不出站，两元钱可以随意换乘，直达目的地，给市民和游客带来了极大的便利。从我所在的小汤山到王府井近三十公里的路程，只需半小时左右即可到达。随后的几天里，凭借着北京地铁的便捷，我们轻轻松松地逛遍了市区的可到之处。想想初到北京城的遭遇，我们都不觉哑然失笑。

在北京市的地铁建设规划图上，我们看到了这样一副蓝图：到2015年底，北京中心城内轨道交通网络将形成"三环、四横、五纵、七放射"的线网格局，地铁总长度达到五百六十一公里，超过纽约成为世界地铁线路总长最长的城市。据媒体报道，2009年北京地铁创下了日客运量532.79万人次的历史纪录。我不禁为我们的国家发展速度之快而感到自豪。

说实话，对于远在天边的兵团后代来说，到首都北京来的机会实在是难得，甚至可以毫不夸张地说，我们是带着父母的心愿来"朝圣"的。那么，北京的名胜古迹自然不可不看。可是，由于受时间和经济条件的限制，看哪些，怎么看，却难住了我们。一个景点一个景点去游览显然是行不通的。最好的捷径，就是参加旅行团，既节省了钞票，又缩短了时间。这时候，面对在市内游玩时收到的一大堆花花绿绿的旅游小广告，大家心里犯起了嘀咕。

尤其是面对其中一张"六十元游遍十二个景点"的小广告，

几个人更是七嘴八舌，最大的分歧就是怀疑其真实性。要知道，从王府井到八达岭长城，光是来回车票和门票也得上百元啊！我能看得出大家的矛盾心情，是既想报名，又怕上当，干脆来了个激将法：不管是真是假，不去试试怎么能知道呢？即使是假的，我不相信他还能把咱们几个大活人给卖了不成！

有我这句话垫底，大家算是吃下了定心丸，当即打电话联系报名。

没曾想，第二天一大早旅行社的工作人员果然如约而来，接上我们到达指定地点参加拼团旅游。按照电话约定，什么长城、水立方、天安门、十三陵等久闻大名的景点，无一漏网尽数走到。一天下来，虽然是走马观花，蜻蜓点水，一顿午餐也吃得马马虎虎，可是毕竟让大家一颗悬着的心放了下来：总算没有上当。同行的小徐很知足地说，六十元钱看了这么多景点还管一顿饭，真的是很值啊！看样子，"一切皆有可能"这句话果然不假。

七天时间一晃而过，我们就要离开了，和初来时的恍然相比心里竟然多了些恋恋不舍。每次到首都来都能感觉到新的变化，唯有这一次，感受得最深刻。我想，随着祖国的繁荣进步，会有更多和我们一样的普通老百姓能够有机会来体验首都的魅力。

与佛有缘的人

——系列散文"在路上"之二

在青岛第一海滨浴场,刚下车,就见一游方道士直冲我走过来,脸上似笑非笑,嘴里还不停地唠叨着:"你是好人,你是好人……"我正诧异得不知所措,朋友走过来不耐烦地摆了摆手:"老是这一句,换点新鲜的好不好!"道士遂若无其事地朝另一位游客走去。

这才知道,那道士的目的无非是和游客搭上讪以后为你看相,然后名正言顺地化缘,以求得钱财若干。听了朋友的解释,真是让人哭笑不得。

这些年常常出差,走南闯北,按理说也不算孤陋寡闻了,可这样的事,还是头一次碰上。不禁感慨万分,却也无意去深究其中的原因。

接下来我们按计划参加了一个当地旅行社到青岛周边观光旅游。年幼时看过的神话传说使我对蓬莱仙境留下了深刻的印象和无限向往,现在有了机会,自然不能放过。于是大伙便和我一起满怀期望地走上了蓬莱之旅。

蓬莱也是闻名中外的滨海旅游胜地。有"海市蜃楼"的奇观和"八仙过海"的美传,在山东省"儒、岱、仙、海"四大旅游资源体系中,蓬莱独占据仙、海合一的优势,再加上蓬莱阁、蓬莱水城、戚氏牌坊等国家一级文物保护单位,使得世界各地的游客趋之若鹜。

经过几个小时的行程,我们乘坐的大巴终于抵达蓬莱。远远地,我就踮起脚,把头伸出车窗极目四望。在哪儿呢?我儿时记忆里云蒸霞蔚、郁郁葱葱的人间仙境。直到开车的师傅一脚刹车,我目光所及之处依旧没有想象中的美景。正是盛夏,只见白花花的毒日头下,大名鼎鼎的黄海之滨,横陈着一些并不古老的人造景观,由于树木少得可怜,给人一种焦躁的感觉。看样子"观景不如听景"这句话是千真万确啊!

下了车,第一站竟然是一座寺院。我不禁暗暗疑惑,记得八仙的故事是取自于道家,没想到首先要参拜的却是和尚。看到大家犹豫不绝,导游小姐伶牙俐齿地动员起来,并且说绝对是免费参观。大家这才将信将疑地跟着一位小沙弥走了进去。听了介绍才知道,这家寺庙名曰弥陀寺。寺庙不大,一眼就可以望到底,但是香火似乎很旺。进得院内,就听见景区讲解员滔滔不绝地介绍起几尊佛像的来历,那语气,好像天下除此之外,再无开光金尊,其法力更是大得无边,有求必应,所以才有源源不断的香客前来还愿许愿。接着进了后院,犹如进了人民币的世界。因为小小的一所院子,几乎贴满了上面刻有某某人捐善款多少元字样的瓷砖,看那上面的数目,多则几万,少的也有几千,留心一看,我等伊宁小城,竟然也有不甘落后的善人,捐了个令我冒汗的数字。

拜过了庙内几尊佛像,讲解员用充满诱惑力的语气告诉我们，在座的各位可是和佛祖有缘哦，因为很快就要到佛诞生日了，所以本寺从五台山请来了一位高僧给香客讲经，大家可以去听听。为了解除大家的戒备，还特意加了一句，请放心，大师讲经是不收钱的，你们既然来了听听也无妨啊。

于是一群人便很虔诚地在一间偏房门前排起了队。不一会，门开了，只见前门有香客鱼贯而出，我们这一队则从后门走了进去，此屋不大，也就容纳二十人左右，我被簇拥着坐到了最前排。大家落座之后，一位长相富态的胖和尚给大家做了自我介绍，然后就开门见山，开始讲经。内容倒也通俗易懂，以百善孝为先为题弘扬中国传统的孝道，不过这内容是不是佛经里的高论，不得而知。不一会，高僧讲经完毕，告诉了大家一个好消息，说是随身带了一些开光宝物，打算送给在座的有缘人，不过宝物不多，希望得不到的人不要失望。我正在忐忑，没想到大和尚却第一个指定了我："这位施主浓眉大眼，一看就是血气方刚、为人正直之辈，我手里这串佛珠就送给你吧，同时送你两个字——圆滑，只要你以后仔细参悟，做到了圆滑，你一定会飞黄腾达的！"说着把一串做工粗糙的木质佛珠递到我的手中。满屋人都用羡慕的眼光看着我。

这时高僧指着旁边的小门说，这串佛珠是很有讲究的，请施主从这里出去往前走，外面会有人给你点化的。于是我顺着他的手打开门走了出去。

正对着门的，是一个类似办公的桌子，见我走过来，早有小沙弥双手合十迎了上来，一看我手里的佛珠，惊喜道："看样子施主是有福之人啊，大师每次只给一人开光佛珠的！就冲这，施主也应该烧一炷高香许个愿啊，我们这里的菩萨很灵的！"

那么，烧一炷香多少钱呢？天上不会掉馅饼。想起十年前到中原的一家古刹，也是说幸遇佛诞日，我的朋友碍于情面花几百元烧了一炷香后悔了一路，我就有些心有余悸。

钱财乃身外之物，施主自己看着给吧，你得到的是开光佛珠，将会得到我们寺里最好的大龙香，而且将为你点化的也是我们寺里最有名的大师，按理说捐上几千也不多。如果施主觉得有困难，就按最低标准四百元捐吧。小沙弥似乎很通情达理。

可是我身上没有带这么多钱啊，我们是集体来的，钱都由会计管着呢。我很为难地摊开两手，为了表示自己所说不假，我还顺手掏出了口袋里的门票之类的杂物。

没带现金也没有关系，施主身上不是有卡吗？我们这儿是可以刷卡的。不料小沙弥眼尖，竟然看到了夹在门票当中的银行卡。啥？我简直有些不敢相信自己的耳朵，按网络术语的说法，真是雷人啊！

可是到了这个份儿上，我还能说什么呢？只好在下沙弥的指引下来到旁边一个柜台刷卡了事。没想到刷卡的柜台和超市一样生意兴隆，已经排了一队游客。

烧毕大龙香，又有小沙弥引导我来到另一间禅室门口，一看里面并排打坐着三位和尚，小沙弥说我是捐了四百元的，可以接受中间那位高僧的点化。我便在一边静静地等着，看着高僧为刚捐了三千元的一家三口释疑解惑，心里有些怪怪的感觉，似乎是在银行的三米线外等候办理业务。

终于轮到我了。问明了我是在国有单位就职，高僧斩钉截铁地对我说，回去赶紧辞职下海，你今年有财运，自己去做生意一定会赚大钱的！而后又看了我一眼：从面相上看，你的眉间距离得太远，是无福之相，最好回去后把胡须留起来，可以补救其中不足，必定逢凶化吉大富大贵的。可是看着高僧比我还疏远的两眉和光滑的嘴唇，我怀着满心疑惑唱个诺就此告辞。

出来后遇见一女同事，得知她也被和尚告诫回去后辞职下海，我们立即笑作一团，看样子此和尚适合为政府做下岗疏导工作。

接下来游览八仙过海景区，此时我已经没了先前的兴致，观赏得自然有些潦草。没想到从望瀛楼下来，正往外走，老远就见一道士一手摇着拂尘，一手作揖，对着我说：先生，你是好人！我无语，在朋友的嬉笑声中疾步离去。

离开蓬莱的时候，我拿出那串所谓的开光佛珠，用力扔进了大海，心想：还是让佛法普度众生吧！

农民不愿"狡诈"

——系列散文"在路上"之三

车过兰州不久,我实在熬不住了,便挤过重重的人墙,穿过几节硬座车厢,来到了十号车厢,怀着侥幸的心理,试图补上一张卧铺车票,好让我困乏的身体能从混合着汗臭屁臭和各种难以辨明的种种怪味中解脱出来。自从阴差阳错地坐上了这趟从西安始发的1043次列车后,这就是我始终如一的奢望。

我又一次失望了,依旧没有卧铺车票可补。可我还是怀着一丝希望,和列车员套着近乎,等待着奇迹出现。这时候,另一些围着列车员等候补票的乘客进入了我的视线,他们的境地似乎比我要尴尬得多。

这是一个满脸沧桑的老妇人,花白的头发和满脸的皱纹让我想起我的母亲。她伛偻着身躯迟疑着走到列车员办公台前,犹豫了很久,才艰难地嗫嚅道:闺女,我有件事实在不好意思说……原来老人说因为自己不识字,上了票贩子的当,和老伴花全程的钱买了两张短途的票,现在被查出来了需要补票。

五十八元。当列车员报出补票的价格时,老人像是受到了惊吓:什么,五十八元?不是就三十一块钱吗?怎么多了这么多？闺女，你看我们是上别人的当了，能不能少点啊？

不行！你以为这是菜市场啊？讨价还价的。五十八元一分也不能少。列车员一副公事公办、铁面无私的表情。

可我们实在是只有这么多了啊。老妇人握着一张五十元面额的钞票，用乞求的眼神望着对方。

要不这样吧，老人差的八元钱我帮她出吧。看着老人无助的神情，我忍不住站了出来。

不用，你别相信她的话，他们这些人不是真的没钱。列车员打断了我的话，接着对老妇人说，你补不补票？要是不补不就在下一站下车。

老妇人绝望地走了，不一会又拿着一张十元的钞票来办了补票手续。

这下相信我的话了吧？看着老妇人蹒跚的背影，列车员一脸得意地对我说。

接着是一个老汉，一脸的真诚和从容：来给我补张票。

列车员抬起头用眼睛的余光瞟了他一眼，从哪儿上车的？站台票呢？

站台票？没有啊。老汉一脸茫然。

没有站台票你是怎么上车的？

我用工作证上车的啊。

不可能！你以为你是×××（列车员说了一位国家领导人的名讳）啊？没有站台票检票的不可能让你上车！列车员用满脸的不屑不容置疑地否定了老汉的回答。

真的，不骗你，我进站的时候人多，人家就看了一下我的工作证就让我上来了。老汉坦然地面对着列车员的质问。

那好补票吧，到哪？列车员显然相信了老汉的话，不愿再纠缠下去。

酒泉。老汉的眼里露出一丝不易察觉的得意，从贴身的布衫里掏出一把零钞。这时眼尖的列车员突然迅速地从老汉的零钞里揪出一张车票，看后不禁勃然大怒：好啊，原来你买的兰州到天水的票，真有一手啊，连我都差点上你的当！

不是，那是别人的票。老汉依旧一脸的无辜和从容。

少来这一套，拿钱来，六十九元！列车员再也不正眼看他一眼。

为啥要这么多？！老汉这下惊慌起来。

为啥？就为你逃票骗人！这么大把年纪了，好意思吗？列车员有些义正词严的味道。

老汉红着脸无可奈何地又在身上摸了半天，哆哆嗦嗦地递上了一把零钞。

你呢？从哪儿上的车？列车员斜着眼问一位站在一边等候了很久的姑娘。

就前面一站。那姑娘见叫到自己，有些慌乱地回答道。一问，同样没有站台票。

几点钟上的车？列车员似乎有些漫不经心地问道。

八点零几分吧。姑娘回答得有些犹豫。

不可能！我告诉你吧，我们这趟车就没有八点零几分停的站！列车员斩钉截铁地说道。

那，也许是我记错了吧。反正就是前面一站刚上的车。姑娘不愿就此认输。

那你告诉我，你是从哪个车厢上的车？列车员不愿意在这个问题上纠缠下去。

八号车厢。这次姑娘回答得很干脆。

八号？那更不可能！告诉你，八号车厢是软卧，有外宾，你没票列车员根本不可能让你上车！

那，也许是我记错了吧？姑娘红了脸，四处张望了一下，指着和八号车厢相反的方向肯定地说，是从这边，我是从十一号车厢上的车！

得了得了，别再装了，老实说，到底是从哪里上的车？不说实话下一站就下车！列车员有些不耐烦了。

是，是从兰州上来的。姑娘有些急了，噙着眼泪说。

几点上的？列车员继续求证。

大概五点多吧。

这就对了，那你补票吧！这时已经是列车驶出兰州站几百公里之外了，姑娘自然要掏出比前一站多出许多的钱才行。

看到了吧，这就是农民式的狡诈！处理完了被查处逃票的乘客，列车员用胜利者的姿态一脸得意地对我说。

农民怎么了？农民是我们的衣食父母，没有农民你只能喝西北风，知道吗！我突然愤怒起来，扔下一脸惊诧的列车员，扔下我渴盼不已的卧铺车票，回到了那像是装满了一罐沙丁鱼的硬座车厢。

我想，作为一名列车员，清查逃票者是她的职责，就像警察抓小偷，这一点无可厚非。可是她那鄙夷的眼神和语气，深深刺痛了我的心。因为我是农民的儿子，我深深理解农民的艰辛和无奈。虽然我现在已经成了地地道道的城里人，坐在宽大明亮的办公室里上班，可是每当有人对农民语出不逊时，我的心里还是会涌起极大的不平和愤慨。

难道农民愿意狡诈吗？农民天生是淳朴的，甚至是愚笨的，所以农民的狡诈才会被列车员轻易地察觉。在我们这个庞大的国度里，有多少面朝黄土背朝天的农民为生计所迫，不得不耍一些自以为聪明的伎俩啊！可是比起那些挥霍无度的"硕鼠"，他们是多么的淳朴和无助啊！

我想，如果有足够的经济基础，谁愿意去玩弄那些被人耻笑的"农民式的狡诈"呢。

接下来的旅程，我不再为自己坐在闷热的硬座车厢里而焦躁和痛苦，因为和身边这一群满脸疲惫和不安的同行者相比，我是多么的幸福啊！毕竟我的手里还有一张完整的全程车票，用不着绞尽脑汁去逃避那几十甚至是几元的车票钱。

我也不由得把关注的眼光投向了这一车厢生活在中国最底层的人们，他们大多是为了摆脱贫困而离乡背井的人。看着他们茫然、好奇、期待的目光，我在心里默默祈祷：但愿我们的祖国早日更加繁荣富强，让这些"农民式的狡诈"不再上演。

又记：此文中所写情景均是本人旅行途中亲历，无半点杜撰和夸张，所以感触颇深，回到家略作休整后的第一件事就是写下这篇文章，为了那些曾经和我一路同行的人们，以此纪念。

我们都是蒲公英

——系列散文"在路上"之四

此次赴内地出差,有一个最大的愿望,就是能和当年的部分高中同学聚会。总算功夫不负有心人,经过多方努力,几乎找到了沿途城市里所有的老同学。二十年前的毕业典礼上,大家在家乡匆匆一别,很多人从此天各一方,杳无音讯。如今他乡遇故知,心情自然是格外地激动。

北京是我此行的第一站,也是老同学最多的地方。

聂卫阳是我最铁的发小,他的姐夫是我二哥,而我的二嫂,自然是他的老姐了。我们从小钻一个被窝睡觉,走一条路上学,直到今天,一直都保持着密切的联系。此次在首都相见,虽然不是第一次,但是机会也很难得。更值得庆贺的是,杨晓燕的父母,和聂卫阳的父母是当年一起进新疆的老战友,他俩可是有些青梅竹马的味道。没曾想,两人千里迢迢来到首都,在同一个城市生活了快十年了,竟然恍然不知。还是我的到来,使他们断了十多年的线又接到了一起。

此时,我们的父母,还都共同生活在西北边陲的一个兵团团场,继续喝着同一条河里的水,也许每天太阳升起的时候,几位老人还会从不同的方向走到一起,互相问个好,然后满脸洋溢着幸福的笑容,各回各家,开始一天的营生。

而我们这些军垦后代,却走出了家乡,天南海北,满怀憧憬地实现着自己的理想。

当我们在王府井大街相逢的时候,恍若又回到了二十年前的中学校园,一幕幕往事浮现在眼前。说起儿时的故事,男孩子的主题自然离不开淘气和闯祸。聂卫阳和我不由自主地说起了小时候翻进别人家的菜园子偷西红柿的情景。虽然过去了那么多年,我们还在为自己当年百般不解的一个问题困惑不已。这就是,当我们你踩着我的肩膀,我拉着你的手,费尽周折才爬上的高大围墙,为何在被守园人追赶落荒而逃时却变得如此轻而易举,几乎是不假思索就越墙而过,以后我们又尝试过多次独立翻越,却只能望墙兴叹悻悻而归。

还有那次,我们转变了角色,成了自家果园的守园人,在半夜听到小偷潜入后,悄悄包抄过去,看着小偷在我们的大喝声中落荒而逃,我俩开心得哈哈大笑的情景,使在座的各位也都忍不住和我们一起开心地大笑起来。

女人似乎更在意同学之间的小秘密。杨晓燕说得最多的,就是当年某某男生对某某女生有好感,或者某某女生暗恋着某某男生啦,而我,自然也成了她攻击的对象。时光虽然过去了二十年,可是蓦然回首,却恍若昨天。

就这样,在王府井步行街,我们坐在熙熙攘攘的大排档里,吃着并不美味的北京小吃,却觉得格外香甜,心情也格外舒畅。

分手的时候,我已经走上天桥很远了,回头看见他俩还在默默地注视着我。我想,这就是血浓于水的故乡情,同学情。因为，无论离得多远，我们的根永远都扎在同一方水土里。

在天津当了老总的刘军算是同学里最有钱的大款了，当我老远亲热地喊着"狗牙"冲上去和他拥抱的时候，当着那么多手下的面，他显然有些挂不住，捣了我一拳说，都一大把年纪了，还叫我狗牙啊？

呵呵，那有什么不行的？就是再过几十年，咱们都当爷爷了，我见了你一样还叫狗牙！说着我禁不住想起了他小时候和别人打架老打不过就用牙咬的情形，忍不住笑得合不拢嘴。

那可不行！他故作生气地皱了皱眉头，却也忍不住咧开了嘴。

到青岛下火车的时候，老同学姜艳的弟弟姜峰早早就开着车等着我们了，这个当年的捣蛋鬼已经成了一个品牌的区域代理商。他告诉我，姐姐生意太忙，一时来不了，但是却早早推掉了这几天的应酬，在海边给我们一行安排了丰盛的宴席接风。

这也是我们家乡人能够引以为豪的一位现代女性。当年因为团办工厂不景气，她回到了父母的故乡。一晃十多年过去了，她已经由一名外来妹成为青岛的主人，拥有了自己的工厂和事业，可是在她的身上，我却看不到一点成功后的得意和矜持。她还是那样活泼率真，说起二十年前我在学校时发表的连载小说《太阳雨季》，几乎能够背出整段的文字。这让我吃惊不已，因为当年的她并没有显示出多少对文学的爱好和兴趣啊！

我想，是距离使她对故乡、对往事产生了深深的眷恋和美好的回忆。

回到伊犁的第一天,我打开博客,一封电子邮件跳入了我的眼帘:你好啊,大作家!没想到在网上寻找新疆旅游资料的时候竟然闯进了你的博客,这么多年没有消息,你好吗?猜猜我是谁?哈哈!

不用猜,看到对方博客里的第一篇文章我马上就想到了一个活泼可爱的小姑娘,她一定是当年我离开校园后接过我手中的接力棒、继续我们"雪浪花文学社"伟大梦想的陶波。此行前我曾经找寻过她的行踪,却两手空空。没想到上帝却以如此意外和巧合的方式让她找到了我。

当年的小姑娘已经为人妇为人母,骨子里的灵气和善良却依然闪着光芒。现在在一家杂志社当编辑的她,因为健康的原因,曾经与死神擦肩而过。或许是禅悟了,或许是性情使然,她现在除了按部就班地上班,其余的时间和精力,全部放在了照顾丈夫和孩子的饮食起居上。再就是,久病成医,她自学了祖国博大精深的传统医学,几乎成了健康养生专家。在不多的几次电话交谈里,她对我说得最多的,就是珍惜生命,好好生活,并且非常热心而认真地向我推荐治疗高血压的中医疗法和药方。

一路走来,和老同学老校友们一次次重逢,一次次惜别,我的眼角一次又一次地湿润着,那些青葱的旧时光,一次又一次地温暖着我的心。

这时候大家共同的感慨就是人生无奈。谁能想到当年一起学习嬉戏的孩童,如今不得不像随风飘散的蒲公英一样,和亲人朋友天各一方,让思念和祝福连接着一个又一个日子。更多的时候,故乡只能在梦境里出现。

当年我们毕业的时候，个个意气风发，巴不得早早离开自己生活了近二十年的团场，决计不会想到，二十年后，我们会如此怀念起依旧落后而贫穷着的故乡。那时我们想要的东西太多，现在才明白，原来把最重要的留在了远方。

"地道"才能长久

天天看到某知名药品的广告：地道药材，良心好药。不禁记住了该产品，认为此广告抓住了产品的本质，至于该产品是否真的"地道"，却没有去深究。

倒是最近网上频频曝光的一些腐败案件，奇闻怪事，让我不由得仔细掂量起"地道"二字的分量来。纵观被网络"电"倒者，莫不是些不"地道"者。无论是写性爱日记的烟草局长，还是"整容"造假的女局长，平日里都是一副冠冕堂皇的模样。若不是网络"还原"其本来面目，谁会想到那一本正经的躯壳下隐藏着一个卑鄙肮脏的灵魂呢？就像《西游记》里的妖精，被齐天大圣识破前，在唐僧眼里哪一个不是好人呢？

还是再回头说说那则广告，为什么要强调"地道"二字呢？说明厂家悟出了在市场中立于不败之地的真谛。因为市场已经用无数事实证明，若是不注重产品的质量，甚至是原料都掺了假，以次充好，即使萃取工艺再先进，外观包装再精美，又有何用！就如××奶粉，用的是掺了三聚氰胺的牛奶，生产出来的自然是毒奶粉。不管你的牌子有多么老，市场信誉度有多高，最后还是被自己打倒。为什么？因为再华丽的外表最终页无法掩饰肮脏的本质啊!

  这是商业界因为原料不地道而导致企业破产的最具代表性的案例。还有××地板、××古酒等品牌,产品质量不过关,仅仅凭借哗众取宠的广告做噱头,同样落得个身败名裂,倒闭关门的下场。

  其实为人之道又何尝不是如此呢?俗话说得好,路遥知马力,日久见人心。无论你多么善于伪装,总是敌不过时间的考验。看看那些贪官污吏,东窗事发前哪一个不是"鞠躬尽瘁""忧国忧民",哪一个不是人民公仆的嘴脸,坐在主席台上义正词严,宛若正义的化身、廉洁的代言人,简直堪称"杰出的表演艺术家"。可是最终还是不得不接受人民的审判,什么原因?还是因为不地道啊!装得再像猫,实质还是只硕鼠啊!忽一日揭去了"画皮",金玉其外败絮其中的肮脏却令人发指。

  古人说"盗亦有道",更何况是为人之道、交友之道、做官之道、经商之道呢?我想不管哪个"道",都离不开"地道"二字,否则必定长久不了。

  过去偶尔看到"被小偷偷出来的贪官"之类的新闻,不禁一笑了之,如今频频看到被网络抖搂出来的腐败分子,就不能不引起深思了。一是因为"被小偷偷出来的贪官"毕竟是偶然现象,而网络反腐似乎已经成为一种普遍现象,说明人民的无奈,也揭示了人心所向。

  想起前不久网上的一则新闻:2010年1月29日23时48分,公安汉台分局党委成员、纪检书记刘继全、李树信、尚志三名民警在"百度——汉中吧"发表题为《汉中的黎明在哪里》的帖文，实名举报汉中市公安局副局长、原公安汉台分局局长汪广赋的有关问题，引起社会和网民的极大关注。汉中市委、市纪委高度重视，立即介入调查。汉中市纪委常委、调查组组长邓小虎表示，将依据事实和证据，严格按照有关法律进行公正、公平的调查，给公众一个满意的结论。公安汉台分局党委委员、纪检书记刘继全在接受采访时说，他们所举报的十一个问题，件件有据可查，如有不实，愿负法律责任。

看了这则新闻真是啼笑皆非，一个公安局的纪委书记，按照组织程序多次举报非但没有任何作用，反而看着被举报人飞扬跋扈带病提拔，最后不得已出此下策，借助网络的力量，吐出心中的一股浊气，未曾想立即收到意想不到的奇效，"引起市委市政府和市纪委的高度重视"。这真是对汉中市当政者的一个绝妙讽刺啊！一个堂堂的纪委书记尚且如此，老百姓想反映点问题会怎样可想而知。由此可见，反腐倡廉的任务多么艰巨，多么艰难！

好在现在国家的民主程度在不断提高，好在党和政府反腐倡廉的决心和力度越来越大，好在现在有了与时俱进的网络平台！这一点，一个个由网络曝光而最终大快人心的反腐案例是最有说服力的。比如那个被网络曝光了性爱日记的烟草局长，比如那个一路造假当上处级干部的美女局长，比如……太多的比如不胜枚举。事实给人们一种感觉：网络似乎无所不能，再强权的黑恶势力，在网络面前，都是不堪一击的"纸老虎"。

其实网络只是应运而生的时代产物，真正的根本在于党和国家反腐倡廉的决心与信心，在于时代对民主的渴望和人民参政的时机和条件越来越成熟。

想起《红楼梦》里的那句话：机关算尽太聪明，反误了卿卿性命。提醒那些利欲熏心的"表演艺术家"，个别人指鹿为马的时代已经一去不复返了，若还要梦想好事，干脆读几本无聊的穿越小说回到几千年前去聊以自慰吧！

感谢网络的诞生，给了人民参与民主管理的宽阔大道。这是历史进程的车轮无人能挡，这是时代进步的必然人心所向。那么，奉劝那些自以为强势的个人和利益集团，在网络面前，在人民面前，还是地道些为好。

心直口快非美德也

路边有一地摊，摆地摊的是一个中年妇女。一个中年男人骑着自行车过来送饭。他一下车，就歉意地笑道，对不起，来迟了，饿了吧？

女人抬起头，看到男人，眼睛里闪过一丝亮色，笑道：不急，还早呢。男人憨憨地笑笑，从自行车篓里拿出饭盒，坐在女人身边，说道，快吃吧，不要凉了，我陪你一起吃吧。

这时，地摊前走来了一个中年大嫂，她把头伸向女人的饭盒里看，发出惊讶的叫声，哎呀，我的大妹子啊，你可真苦啊，你吃的这是什么菜啊，一点油水也没有，这怎么能吃得下去啊。说罢，嘴里还不住地发出啧啧叹气声，脸上露出讥讽的神色，扭着肥胖的身子走开了。

女人端着手中的饭盒，愣愣地望着胖女人的背影，眼睛里噙满了泪花，那眼泪叭嗒叭嗒地滴落在手中的盒饭里。身旁的男人眼圈也红红的，捧在手里的饭盒，再也没有情趣吃上一口了。周遭的气氛仿佛顿时凝固了似的，让人透不过气来。

这是网络上流传甚广的一个故事，标题叫《请别打扰别人的幸福》，作者同时还列举了几个事例，我想大家都不会陌生。

其实我们在生活中或许也经常遭遇"胖大嫂"之流的抢白，他（她）们往往有一个理直气壮的理由：我这人心直口快，你别介意！

你说能不介意吗？好好的心情被破坏了是小事，说不定某些"心直口快"引来的是轩然大波，在那些特定的年代，甚至会给对方带来灭顶之灾。所以我想，那些自我标榜"心直口快"的人是该反省一下自己了。

无论在生活中，还是在文学作品里，所谓心直口快的人往往会自我解嘲地说，我是个大老粗，没文化。可是前不久本人在一篇文章里看到，新中国成立前，我国是一个文盲、半文盲人口占百分之八十的国家，新中国成立以来国民素质大幅度提高，目前九年义务教育普及率达到百分之九十五以上，青壮年文盲率下降到百分之五以下。那么，如今你再以"没文化"给自己的"心直口快"作解释是不是有些牵强呢？

所以本人认为，心直口快非美德，大家切莫效仿之。

其一，这样的人是浅薄之人。心直口快其实是说话不过脑子的表现之一，不负责任地随口乱飚，其表达意愿的正确性和准确性可想而知；

其二，这样的人是无德之人。随着我们这个社会文明程度的不断提升，心直口快只能是行事鲁莽、缺乏修养的表现；

其三，这样的人是纠结之人。俗话说，"说出去的话，泼出去的水""心直口快"之后若是后悔了，岂能把话收回来？到头来是很可能会自寻烦恼，纠结不已。所以我看还是"三思而后言"为好；

其四，这样的人是刻薄之人。有时候，心直口快其实是做人自私的表现。看到别人比自己快乐，心中妒火升腾，忍不住就要"打扰"一下别人的幸福。只图自己口舌之快，不考虑他人之感受。这样的人是不是该想想古人的教诲：己所不欲，勿施于人呢？

其五，这样的人是"糊涂"之人。古人早有"难得糊涂"之大智慧，其实就是教导我们要宽容大度，除非面对大是大非，否则装装"糊涂"也未尝不可。严肃一点的表述就是"严于律己，宽以待人"。可是有些人总以为自己比别人精明，处处要表现出高人一筹而"心直口快"，出尽风头。这样的人其实才是糊里糊涂浑浑噩噩过一辈子。

人生何处不相逢

心中一直有一个愿望,就是去看望客居外地的老师和同学们,算是一次感恩之旅吧。2013年休假终于了却了这个愿望。

得知我的心愿,高中同学袁永宏自告奋勇,表示愿意和我一路同行。10月秋高气爽,我们按计划早早买好了机票,飞赴上海。

我的小学启蒙老师,当年的上海知青陈顺祥先生在电话里听到我的声音时竟然激动得有些哽咽,恨不得马上到机场去接我们,考虑到老人家的身体,在我的一再劝阻下,他才打消了这个念头。

陈老师和爱人年秀梅老师初来新疆的时候,被发配到了我们团最偏远、条件最艰苦的煤矿小学,那时叫六十一团子弟学校。好在没几年,煤矿就解散了,陈老师夫妇才得以回到团部中学,一直到20世纪90年代中期退休后才回到故乡。虽然后来的很多年,陈老师没有再教过我,但是他一直记得我这个弟子,当我有了一丁点的成绩时,他甚至比我还要开心还骄傲。

记得那时我已经在团里当新闻干事,陈老师尚未退休,和我姐家是一墙之隔的邻居,关系十分融洽,所以两家的院子是相通的。有一次中午下班,我去姐姐家吃饭,陈老师站在院子里听着团部的广播,和我聊着团里的发展。他有些疑惑地问我,最近老是听到广播里说发展二、三产业?那么二、三产业究竟是指哪两个产业呢?其时我也仅知道第一产业是指大农业,对二、三产业确切所指不甚了了。只好入如实对老师说自己也不太了解,可能是指大农业之外的其他产业吧?想着下午一定要查清楚,给老师一个答案,可是上班一忙,也就把这事给忘掉了,没想到过了几天遇到陈老师,他老远就对我说:章平,我终于搞清楚了,二、三产业是指工业和商业!那高兴劲,真是像个孩子。

这件事过去了很久,一想起陈老师的认真我还感到羞愧。我们这一代人,要向上一代学习的品质真是太多了。

这次听说我们要来,陈老师很是激动,不停地发短信问我何时能到。等我们办完事,按照陈老师的指点,坐地铁2号线到虹口区站台的时候,老远就看到陈巴巴地望着出站口。分别十多年,陈老师明显地发福了,但是我们依然一眼就认出了对方,激动地握手拥抱。

出站不到五分钟,就到了陈老师的家中,一套非常宽敞的楼房。老师在上海能有这么好的居住条件,这是我没想到的。原来是陈老师的大女儿陈红玉大学毕业后创办了一家集装箱物流企业,经过十多年的打拼,取得了较好的发展,专门为父母置办了这套养老的住宅。陈红玉是我的小学同学,在我的印象里一直是个纤弱的女孩,没想到如今竟成了如此能干的企业家,不禁为她感到骄傲,也为陈老师夫妇这么多年的苦终于没有白吃而感到高兴。

不一会，陈红玉夫妇下班回来，我原以为是在家里吃一顿便餐，没想到一向节俭的陈老师说，今天咱们不在家里吃，老家来的客人，一定要去酒店吃我们上海的本地菜，并且提前告诫女儿不许埋单，他要用自己的退休工资请客！吃着聊着，才得知陈老师的女婿竟然是我一个好朋友的哥哥。原来，当年在团场的高中同学多年后意外取得了联系，中国传媒大学毕业的小伙子为了爱情，竟然放弃了北京的工作，来到了上海。惊喜之余，我们连声祝贺，并当即拨通了朋友的电话。更为巧合的是，袁永宏的父母，竟然是陈老师当年在连队时的老邻居，这下更是有说不完的话题。说起过去的岁月和淳朴的兵团战士，品尝着我们带来的家乡特产——树上干杏，更勾起陈老师许多回味无穷的记忆。那一夜，我们聊了很久，分别的时候，陈老师夫妇还一再挽留。不禁感慨人生的机缘真是奇妙，它让遥远的世界变得这样小这样近。走在上海的夜幕里，我在心里默默为陈老师，为他们一家的幸福真心祝福着！

按我们的计划，看望陈老师夫妇之后，我们的下一站就是郑州，然后和同学们汇合，继续我们的感恩之旅，奔赴陕西咸阳去看我的高中班主任徐秀琴老师。当初在乌鲁木齐给我们践行的时候，听说了我的此行计划后，大家都很激动，孙华山同学当即表示，要放下手头的工作，赶到郑州等我们。还有一些同学从网上得知这一消息，也纷纷表示要加入我们的队伍。于是我们告别陈老师一家的极力挽留，开着新买的轿车前往郑州。

除了孙华山，东莞的蒋红梅、驻马店的王丽萍、南阳的郅慧都闻讯赶来，一起在郑州等我们，东道主是高中同学魏刚。魏刚大学毕业后把根扎在了父母的故乡，经过多年发展，开办的公司已经成为河南省安防业界的领军企业之一。魏刚同学用行动表现出了对家乡的无比热爱，提前安排好了我们的吃住游行程，所有费用，都由他一力承担。推迟一番，拗不过他，也就只好如此了。在此期间，我们又结伴去洛阳看望了分别于初二和高一期间就随父母回到洛阳生活的林郁葱和张海涛同学。近在咫尺的两家人，因为我们的到来，才知道双方的存在，不由得百感交集。多少年过去了，张海涛还顽强地保留着原汁原味的伊犁普通话，真是让大家感到意外而又惊喜。可见童年的生活对我们每个人来说是多么的珍贵。两天的聚会，大家不由得回忆起当年的青葱岁月，如今人到中年，却依然没有忘记纯真的友谊和浓郁的乡情。我们不由感慨，人生的种种际遇，都敌不过岁月的侵蚀，唯一能不老的，是儿时的记忆。

下一站是西安。除了孙华山、王丽萍继续和我们同行，蒋红梅、魏刚、张海涛和郅慧姊妹俩因为工作原因，不能前往，大家只好依依惜别。这时，北京的杨晓燕、兰州的朱丽芳、西安的齐翔云，又融入了我们的大部队。最后当我们抵达咸阳的时候，徐秀琴老师和她的爱人已经等候了我们很久。看着自己的学生从天南海北、不远万里赶来看望自己，老师激动得满眼泪花。杨晓燕还是像当年一样紧紧搀扶着老师，贴心的关切和问候甜掉了牙！还有守在电脑前、QQ上的同学们，纷纷发来了对老师的问候和祝福。当一张张照片定格我们的美好瞬间，我相信每个人心里都是五味杂陈，但是有一点是相同的，那就是大家心里一定都会有一个美好的心愿，那就是祝福自己的老师和同学幸福安康！

第二天清晨，告别了徐老师夫妇，送别了最后几名同学，大家又各奔东西，遥望天涯。一路走来，漫长的旅途，短暂的相聚，让我们更加感受了故乡情是多么绵长而厚重，它就像一根纤细而又柔韧的风筝线，无形却那么执着，维系着每一个游子心底里的那一方净土。

　　回到伊犁很久，我的心情还不能平静下来，因为相聚的短暂，因为未了的遗憾。此行前我一直惦记着我的另一位小学班主任——武汉知青黄秀华老师。我永远忘不了，当年是她为在上学路上被大雨淋得浑身湿透的我换上自家孩子的新衣服，是她谆谆教诲、循循善诱给了我文学的启迪。只可惜多方打听而无果，没有找到她的下落。但是我相信，黄老师一定会在家乡等着我，在她的有生之年我一定会去看望她！

后记

还债之路

从1988年上初中时在伊犁师范学院学报《教与学》上发表处女作算起,我对文学的痴迷和追随已经有二十八个年头了。这期间,由于诸多因素,写写停停,但是心中对文学的那份牵绊,始终没有放下。我想,这或许就是古人说的"不忘初心"吧。

2009年,曾经谢绝一切应酬,闭关写作近一年,写下了长篇小说《暗叹》,其中部分章节在天山网选发后引起轩然大波,有人对号入座,有人好奇窥探,弄得我不胜其烦,遂停笔静修。连一个想好了构架,列好了提纲,甚至罗列了很多情节的长篇小说都放了下来。最近下定决心要写,却又因为心中突然冒出的一些灵感,写开了散文。心想,这样也不错,就权当作是马拉松前的热身吧。

没想到,这个热身一发而不可收,打开了我创作的源泉和激情。

也是2009年,打算写一组自己心中最有分量的,有关新疆土著树种的散文,计划依次写沙枣树、白杨树、榆树。因为慵懒的心情，写完了沙枣树，白杨树开了个头就撂荒了。好在每次重新下载或者换电脑时，我都记着把写了一半的文章考下来，不至于丢失，因为我的心里一直惦记着这些未完成的作业。还有一篇关于三个部族的散文，也是一次听学者讲座，心血来潮开了个头，写完了东归的土尔扈特，就扔在那里了。最可惜的是手机里记下的一些想法，最后因为用到无法使用，也不会往电脑里导，就永久地躺在手机里了。好在手机还在，我想，等我忙完了手头的创作，一定要想办法把它们抢救出来，三部手机呢，想想有多少自己曾经的激情在那里等着我。

没想到这次写作的热情，竟然无法抑制。《三棵树》写完了，《伊犁河的守望》写完了，接着脑海里风起云涌，念想不断。以前每天走路锻炼，路边的风景见惯不怪，现在看来竟然那样可爱，之前的每一个生活细节，都跳跃出来，于是忍不住写了《花之城》《小院春秋》。开春了，伊犁河边的蘑菇是我的最爱，连续的阴雨天给了我机会，趁五一小长假去了却心愿，于是有了《捡蘑菇》。《伊犁日报》的副刊编辑燕玲在博客里看见了，打来电话：别给别人啊，留给我！只好发过去，这是人情，不能拒绝。《兵团日报》的小龙编辑留言：《三棵树》4月19日刊发，请留意。紧接着文化版的编辑跟来约稿，让写篇读书日的随笔。多年来最不喜欢命题作文，可是这次我毫不犹豫地应承了下来，因为有感觉。

完成了命题作文《读书是一种修行》，却又勾起我很多回忆和对生活的感悟，接着便写了《喝酒与人生》《品茶的境界》《茶与水》《读书喝酒品茶》。

创作灵感的爆发，打开了记忆的闸门，往事扑面而来，一个个亲人和朋友的面孔从脑海里跳出来,和我交谈,伴我前行。一次又一次,我在梦里记着一个又一个故事,甚至早上醒来还能清楚地记着完整的句子。临要入睡了,却又跳出几个亲切的画面,立即爬起来匆匆记下,免得第二天丢到了九霄云外。有时候是半夜,从梦里被文字拽起来。好在现在科技发达,网络强大,我的手机被再次充分开发,成了我的日记本。每天早上到了办公室,我的第一件事就是把手机里的草稿导在电脑里,然后完成它。接着是台里的小青年教会我使用手机电脑同步技术,直到用微云存储,一切难题都迎刃而解。

技术瓶颈的突破,提高了我的写作效率,一个星期时间,我不断更新博客和微信,像是和时间赛跑,完成了七篇系列散文《我的川菜情结》,算是圆自己的一个梦,还原父亲留给我的幸福记忆。这中间冒出来的想法来不及完成,我只能一一记下,回头一整理,一个月时间,完成的散文随笔有十来篇三万多字,记下片段尚待完成的竟然还有十来篇之多,似乎篇篇都跃跃欲试,恨不得立马跳到纸上。可以说,自从2009年完成长篇小说《暗叹》和诗集《热爱》之后,也再也没有如此亢奋过。

文学的冲动也唤醒了我沉睡已久的工作热情,一个在2006年参加兵团电视纪录片创作培训班时就列下的选题《大河向西流》脚本一气呵成,交给记者开拍。歌曲《丝路放歌》和《拴马桩》也完成了谱曲个音乐合成,进入MV的摄制阶段,还有七八个新闻选题,做成了年度计划分派下去,在我的影响下,同事们也是信心满满,憧憬着再创一个辉煌的2016。

这期间,突然产生了把自己这些年的散文汇集到一起,出本集子的念头。没想到话一出口,立即得到了妻子的响应。每天回到家做完饭，她的第一件事就是在博客里帮我收集作品，按照我列出的目录，不断复制粘贴。我的每一篇新作，她都是第一个读者。在我的博客和微信朋友圈，她往往是在履行校对的职责，每发现一处错别字或者感觉值得商榷的地方，她就会留下"足迹"，令我汗颜不已。这使我想起那句伟大名言。我虽然不算是个成功的男人，但是妻子却实实在在为我付出了莫大的支持和鼓励。即使仅仅因为她的这份关心，我也不能在虚度光阴。我要重新拿起我的笔，记录我们伟大的祖国和美好的生活，留住我的乡愁，让自己重归文学之路。

想起曾经风靡大陆的电影《无间道》里的一句台词：出来混，总是要还的！我想我这也是在还债，时间的债，生活的债，感情的债，文学的债，工作的债。还债之路漫长，追求和感受幸福的过程就长远。这时我感觉自己像一只作茧的蚕，一口一口吐着丝，最后在自己的蚕茧里羽化。

法国大艺术家罗丹说，生活中不缺乏美，而是缺乏发现美的眼睛。我想，这眼睛得有一颗热爱的心才行。否则，再美的风景，你也无缘相遇。

2016年4月22日